LIMA BARRETO

ROMANCE

por

FRANCISCO DE ASSIS BARBOSA

SOBRE A COLEÇÃO
NOSSOS CLÁSSICOS

Desde sua criação, em 1957, a coleção Nossos Clássicos foi instrumento fundamental para o ensino das literaturas brasileira e portuguesa. A seleção cuidadosa de textos dos principais autores de nosso acervo literário, acompanhada por estudo crítico elaborado por grandes especialistas e seguida de bibliografias, despertava o interesse de leitores iniciantes, conduzia estudantes, ajudava o professor, tornando cada volume fonte de referência agradável e de absoluta confiança.

NOSSOS CLÁSSICOS

Coleção criada por
A<small>LCEU</small> A<small>MOROSO</small> L<small>IMA</small>
R<small>OBERTO</small> A<small>LVIM</small> C<small>ORRÊA</small>
J<small>ORGE DE</small> S<small>ENA</small> em 1957
Desde 2005, sob a coordenação de
B<small>EATRIZ</small> R<small>ESENDE</small>
(UniRio/UFRJ)

LIMA BARRETO
ROMANCE

por

FRANCISCO DE ASSIS BARBOSA

EDIÇÕES BIBLIOTECA NACIONAL

AGIR

Copyright © 2005 desta edição, Agir Editora
Todos os direitos reservados e protegidos pela Lei 9.610 de 19.02.1988.

Capa e projeto gráfico
João Baptista da Costa Aguiar

Cotejo
Alexandre Arbex

Revisão
Alexandre Arbex

Diagramação
DTPhoenix Editorial

Produção editorial
CASA DA PALAVRA

Assistente editorial
Renata Arouca

Foto página 9: caricatura de Lima Barreto por Alvarus
Para o estabelecimento do texto desta edição foram cotejados as seguintes edições: *Diário do hospício.
O cemitério dos vivos* (Biblioteca Carioca, 1993); *Recordações do escrivão Isaías Caminha*. (ed. Mérito, 1949);
Numa e a ninfa (ed. brasileira, 1950); *Clara dos Anjos* (ed. Mérito, 1948); *Triste fim de Policarpo Quaresma*
(Typographia da rev. dos Tribunais, 1915); *Vida e morte de M. J. Gonzaga de Sá* (ed. Mérito, 1949);
Lima Barreto. Romance (ed. Agir, 1972)

CIP-Brasil. Catalogação-na-fonte. Sindicato Nacional dos Editores de Livros, RJ.

B 263L   Lima Barreto, Afonso Henriques. 1881-1922
             Lima Barreto : romance / por Franciso de Assis Barbosa.
             – Rio de Janeiro: Agir, 2005
             : – (Nossos clássicos)

             Inclui bibliografia
             ISBN 85-220-0679-2

             1. Lima Barreto, Afonso Henriques 1881-1922 – Coletânea.
             2. Romance brasileiro. I. Barbosa, Francisco de Assis, 1914-1991.
             II. Título. III. Série.

05-0899.   CDD 869.93
23.03.05   24.03.05   CDU 821.134.3 (81) – 3

Todos os direitos reservados à
AGIR EDITORA LTDA

Rua Nova Jerusalém, 345 CEP 21042-230 Bonsucesso Rio de Janeiro RJ
tel.: (21) 3882-8200 fax: (21) 3882-8212/8313

Ministério da Cultura   BRASIL UM PAÍS DE TODOS GOVERNO FEDERAL   EDIÇÕES BN BIBLIOTECA NACIONAL   AGIR

SUMÁRIO

Apresentação
   Um escritor brasileiro autêntico 11
   O autor e seu tempo 22

Antologia
  Recordações do escrivão Isaías Caminha
    Anseios 25
    Um jornalista 27
    Debrucei-me na muralha do cais e olhei o mar 29
    A casa do Rio Comprido 32
    O "quebra-lampião" 34

  Triste fim de Policarpo Quaresma
    Cavaco entre reformados 38
    Para que tanta coisa, tanto livro, tanto vidro? 42
    Caixotins humanos 45
    Audiência presidencial 47

  Numa e a ninfa
    Lucrécio Barba-de-Bode 50
    A Cidade Nova 52
    O doutor Bogóloff 54

  Vida e morte de M.J. Gonzaga de Sá
    O passeador 58
    O jantar 62
    Divagações 64

Era feriado nacional 67
Xisto Beldroegas 70

Clara dos Anjos
Marramaque..73
Vida de pobre...77
Enterros suburbanos..80

O cemitério dos vivos
Tudo mistério e sempre mistério... 82

BIBLIOGRAFIA DO AUTOR 85

BIBLIOGRAFIA SOBRE O AUTOR 87

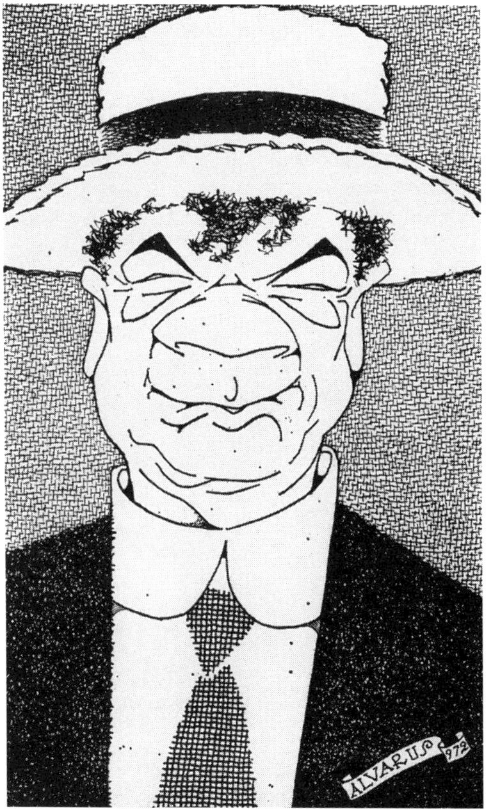
ÁLVARUS 972

APRESENTAÇÃO

UM ESCRITOR BRASILEIRO AUTÊNTICO

Lima Barreto nasceu nos últimos tempos da Monarquia. Com apenas sete anos, quando ingressaria na escola pública, assistiu com o pai as festas populares da Abolição, retendo na memória a multidão no Largo do Paço aguardando a assinatura da Lei Áurea, à missa campal em São Cristóvão, ao ruído do foguetório, das girândolas e das bandas de música, ao desfile dos batalhões escolares, além da figura amorável da Princesa Isabel, "muito loura, maternal, com um olhar doce e apiedado", modesta, porém convicta do papel que havia desempenhado no grande acontecimento histórico. Tudo isso ficou gravado na retina dos olhos do menino, como também a visão dos carros do Imperador, "aqueles enormes carros dourados, puxados por quatro cavalos, com cocheiros montados e um criado à traseira". Da Proclamação da República, um ano mais tarde, a imagem é penosa, "Da tal história da República — dirá esse escritor eminentemente memorialista —, só me lembro que as patrulhas andavam, nas ruas, armadas de carabina e meu pai foi, alguns dias depois, demitido do lugar que tinha."

Chefe das oficinas da *Tribuna Liberal* e mestre de composição da Imprensa Nacional, protegido do Visconde de Ouro Preto, de quem era compadre, o pai de Lima Barreto seria sacrificado com a queda da Monarquia, perdendo o emprego que, embora modesto, o colocara em posição de destaque entre os seus colegas de ofício, pois esse operário, tipógrafo de razoável cultura e formação humanística, que havia traduzido para o vernáculo o *Manual do aprendiz compositor*, de Jules Claye, fora dos que fizeram as honras da casa ao

Imperador na sua derradeira visita como chefe de Estado a uma repartição pública — a velha Tipografia Nacional —, precisamente na manhã do 15 de novembro de 1889. Caído em desgraça, algum tempo depois consegue um novo emprego, fora do seu meio e da sua profissão, o de almoxarife da Colônia de Alienados da Ilha do Governador, graças à boa vontade do então ministro da Justiça Cesário Alvim, seu conhecido de longos anos, desde os bons tempos d'*A Reforma*, quando Alvim e Ouro Preto ainda eram amigos; muito antes, portanto, do incidente que havia de torná-los adversários irreconciliáveis, marcando fatal cisão na política mineira, de tanta repercussão, já naquele tempo, nos destinos da nacionalidade.

O anedótico desses episódios serve não apenas para situar Lima Barreto no quadro histórico em que iria exercer a sua ação de romancista, ação de escritor militante, como ele timbrava em afirmar. Serve também para assinalar o contraste que, desde cedo, marcaria a atitude de inconformismo, quase que de rebelado, do filho do almoxarife e afilhado do Visconde de Ouro Preto, último baluarte do Império agonizante. Foi ele um apagado amanuense do Ministério da Guerra, freqüentador assíduo de botequins, alcoólatra com mais de uma passagem pelo Hospício, um homem por assim dizer à margem da sociedade. No entanto, esse fracassado foi um grande escritor. E a obra que deixou assegurou-lhe o título não contestado de "romancista da Primeira República". Todos, ou quase todos, os principais eventos da República estão nos seus romances, não como simples descrições, fotografias sem alma de acontecimentos históricos. Mais que caricatura, desenho ou pintura, o que ele fez foi penetrar fundo na ambiência de toda uma época, revelando por inteiro a sua mentalidade, o seu *substractum* social e humano.

Maximalista um tanto lírico, um tanto inconseqüente, formou entre os raros escritores brasileiros que enalteceram a Revolução Russa de 1917. No entanto, era devoto de Nossa Senhora da Glória, subindo o outeiro, todos os anos, cada 15 de agosto, para o culto à sua madrinha, como qualquer peregrino humilde e desconhecido. E pouco antes de morrer deixaria uma profissão de fé cheia de misticismo, no seu ideal literário, convencido de que a literatura era a única força capaz de levar a compreensão a todos os homens, sonhando com uma Pátria Estética, em que se resumia, afinal, toda a cosmovisão desse grande e atormentado visionário. Para ser mais explícito, convém reproduzir as próprias palavras de Lima Barreto: "...o homem, por intermédio da Arte, não fica adstrito aos preconceitos e preceitos do seu tempo, de seu nascimento, de sua pátria, de sua raça; ele vai, além disso, mais longe que pode, para alcançar a vida total do Universo e incorporar a sua vida na do Mundo."

No plano espiritual, ainda que baseando toda a sua experiência literária nas doutrinas de Taine e Brunetière, acabaria por proclamar as suas dúvidas e incertezas, fora dos esquemas do materialismo: "A Beleza para Taine — argumentava — é a manifestação, por meio dos elementos artísticos e literários, do caráter essencial de uma idéia mais completamente do que ela se acha expressa nos fatos reais. Portanto, ela já não está na forma, no encanto plástico, na proporção e harmonia das partes, como querem os helenizantes de última hora e dentro de cuja concepção muitas vezes não cabem as grandes obras modernas e, mesmo, algumas antigas. Não é o caráter extrínseco da obra, mas intrínseco, perante o qual aquele pouco vale. É a substância da obra, não as suas aparências. Sendo assim, a importância da obra literária, que se quer bela sem desprezar os atributos externos da perfeição de forma, de estilo, de correção gramatical, de ritmo vocabular, de jogo e equilíbrio das partes, em vista de um fim, de obter unidade na variedade; uma tal importância, dizia eu, deve existir na exteriorização de um certo e determinado pensamento de interesse humano, que fale do problema angustioso do nosso destino em face do Infinito e do Mistério que nos cerca e aluda às questões de nossa conduta na vida."

Todas essas idéias, que dificilmente se coadunam com o maximalismo da época, não impediam que ele prosseguisse a deblaterar contra os plutocratas. Em artigo publicado na imprensa anarquista, deixou bem caracterizada a sua posição: "A nossa República, com o exemplo de São Paulo, se transformou no domínio de um feroz sindicato de argentários cúpidos, com os quais só se pode lutar com armas na mão. Deles saem todas as autoridades; deles são os grandes jornais; deles saem as graças e os privilégios; e sobre a Nação eles teceram uma rede de malhas estreitas, por onde não passa senão aquilo que lhes convém. Só há um remédio: é rasgar a rede à faca, sem atender a considerações morais, religiosas, filosóficas, doutrinárias, de qualquer natureza que seja."

Fosse possível recuar no tempo, Lima Barreto preferiria que o Brasil continuasse como no tempo do Sr. Dom Pedro II. O carbonário apagava a mecha do seu balão incendiário, amansava como um cordeiro no seu saudosismo monárquico: "Parecia que o Império reprimia tanta sordidez nas nossas almas. Ele tinha a virtude da modéstia e implantou em nós essa mesma virtude; mas, proclamada que foi a República, ali, no Campo de Sant'Ana, por três batalhões, o Brasil perdeu a vergonha e os seus filhos ficaram capachos, para sugar os cofres públicos desta ou daquela forma."

Paradoxo dos paradoxos, esse terrível anarquista era um nostálgico da Monarquia. Contradição insólita, mas que resulta no melhor retrato do escritor na sua luta íntima, e que parece reproduzir o grande momento de um dos diálogos do *Vida e morte de M. J. Gonzaga de Sá*, aquele que termina com esta tranqüila condenação à violência:

"— Não, a maior força do mundo é a doçura. Deixemo-nos de barulhos..."

Passemos agora ao estudo crítico da obra de ficção de Lima Barreto, a quem chamamos acima "romancista da Primeira República", repetindo, aliás, uma opinião generalizada. A razão é simples: não será possível proceder-se à revisão da nossa história republicana, do Quinze de Novembro ao primeiro Cinco de Julho sem recorrer aos romances, contos, crônicas e artigos de Lima Barreto.

Escritor eminentemente memorialista, a ponto de se tornar difícil, senão impossível, delimitar na maioria dos seus romances e contos as fronteiras da ficção e da realidade, ele anotou, registrou, fixou, comentou e criticou todos os grandes acontecimentos da vida republicana, melhor dito, da Primeira República, desde o seu advento até o começo da sua agonia, o primeiro estrebuchar da sua desagregação, com a revolta do Forte de Copacabana. Lima Barreto morreu em 1922, finda a campanha da Reação Republicana, em pleno domínio da oligarquia política que revezou no poder, quase automaticamente, homens de São Paulo e Minas, inventores e beneficiários das eleições a bico de pena, indiferentes a qualquer tentativa de desenvolvimento industrial ou mesmo de qualquer modificação para melhor na economia latifundiária e monocultora.

Como num vasto painel que se desdobra em sucessivos quadros, lá estão os episódios culminantes da insurreição antiflorianista, a campanha contra a febre amarela, a ação de Rio Branco no Itamarati, a política da valorização do café, o governo do Marechal Hermes da Fonseca, a participação do Brasil na primeira guerra mundial, o advento do feminismo, as primeiras greves operárias, a Semana de Arte Moderna, o delírio do futebol e do jogo-do-bicho, tudo isso de mistura com os nossos ridículos e as nossas misérias, mas também sem esquecer a grandeza e a doçura do nosso povo; a mania de ostentação, o vazio intelectual e a ganância dos políticos; em suma, toda a crise das classes dirigentes, que se agravaria de modo alarmante com a queda do Império, isso de um lado; do outro, a bondade inata do brasileiro, a coragem do funcionário público humilde que luta por educar os filhos, o milagre da sobrevivência da população pobre do subúrbio carioca, que, em meio da miséria, canta e ri.

Tudo isso Lima Barreto viu com olhos que nada tinham de falsamente brasileiros, como os da maioria dos escritores do seu tempo. Tudo isso ele transmitiu nos seus livros, sempre com honestidade, e não raro com grandeza. Retratou certos políticos e certos literatos como eram de fato: caricaturas de líderes e de intelectuais. Através de personagens-símbolos, traçou em suma todo o panorama da mentalidade burguesa, predominante no Brasil, nos primeiros trinta anos da nossa vida republicana.

Recordações do escrivão Isaías Caminha — publicado no ano seguinte ao da morte de Machado de Assis — representa a luta não somente contra o preconceito de cor, mas contra a mediocridade triunfante, contra uma falsa concepção de imprensa e literatura, acompanhada da amarga experiência da vitória, à custa de transigências de toda a ordem e do sacrifício da própria dignidade humana. É um livro pungente e verdadeiro, em que aparece muito do drama do próprio Lima Barreto, através do seu herói negro, pobre e humilde, mas orgulhoso, na luta desigual que enfrentou contra tudo e contra todos.

Menos autobiográfico, *Triste fim de Policarpo Quaresma* é a história do patriota ingênuo, vivendo numa sociedade incaracterística, um homem que acredita num Brasil formado à sua imagem e semelhança e que deseja ardentemente salvar o país da garra dos políticos corruptos, mas que só provoca risos. Será talvez o mais perfeito de todos os romances de Lima Barreto, pelo seu acabamento. É com toda a certeza uma das criações mais felizes do *humour* do escritor, *humour* que possui a sua nota de patético. No personagem, admiravelmente delineado, Manuel de Oliveira Lima, o grande historiador, vislumbrou o Dom Quixote nacional.

Em *Numa e a ninfa*, inspirado na trama política que levaria à presidência da República o marechal Hermes da Fonseca, o romancista pintou toda uma galeria tragicômica de figurões, civis e militares, todos sequiosos de poder e dinheiro; entre eles, aparece o protótipo do bom moço nacional, o genro feliz, mistura de parvoíce e cinismo, que é o deputado Numa Pompílio de Castro. A galeria é extensa, ressaltando o cabo eleitoral Lucrécio Barba-de-Bode, tipo característico da República Velha, mas que infelizmente ainda não desapareceu de todo na Nova, além do simpático aventureiro que se chama doutor Bogóloff.

Vida e morte de M. J. Gonzaga de Sá encerra, bem pesadas as coisas, uma sátira ao Barão do Rio Branco e ao nosso Ministério das Relações Exteriores, ainda hoje flagrantemente atual no afã que é muito nosso de gastar tempo e dinheiro em coisas inúteis e de aparentar uma grandeza que estamos longe de possuir. Mas não é só o naufrágio da nau burocrática no banheiro da mediocridade. *Vida e morte de*

M. J. Gonzaga de Sá é o mais belo poema em prosa que já se escreveu sobre o Rio de Janeiro, na descrição de sua vida urbana e suburbana, na defesa da fisionomia original da cidade, ameaçada desde então pela incompetência de seus prefeitos, vencidos ora pela ganância dos especuladores, ora pela própria estupidez.

Resta ainda dizer alguma coisa sobre os dois últimos romances — *Clara dos Anjos*, imperfeito, inacabado, e *O cemitério dos vivos*, de que restam apenas alguns fragmentos, nada mais, suficientes, porém, para vislumbrar os contornos de obra de grande envergadura, muito possivelmente a obra-prima do romancista, caso a tivesse concluído, se é lícito formular-se prognóstico sobre coisas que não chegaram a acontecer.

Em *Clara dos Anjos*, retoma o mesmo tema do *Recordações do escrivão Isaías Caminha*, o do preconceito racial, transferindo-o, no entanto, para a história de uma jovem, filha de um carteiro suburbano, iludida, seduzida e, por fim, desprezada por um rapaz de condição social superior à sua. O argumento é pobre, a fabulação um quase nada. O romancista entrara em visível decadência, já não apresentando a força dos primeiros tempos, o ímpeto de que estão impregnadas, por exemplo, as páginas do *Recordações do escrivão Isaías Caminha*.

O mesmo não se dirá de *O cemitério dos vivos*, que começara a escrever na mesma época, com a saúde minada pelo álcool, desencantado da vida e dos homens, passeando pela rua do Ouvidor a sua própria miséria, molambo maltrapilho, num estranho exibicionismo masoquista. Pelos dois capítulos que deixou, mais ou menos completos, dir-se-ia que o romancista estava maduro para realizar a sua obra definitiva, a completar a mensagem de legítimo precursor do romance social no Brasil, do romance que viria na esteira do movimento revolucionário de 1930.

Este é por certo o sentido divinatório da obra de Lima Barreto. Era, de fato, um renovador. Não importa que o neguem por este ou aquele motivo. O que ninguém lhe pode tirar é a sua pureza intelectual, a sua honestidade de *ver* o Brasil tal como era. É o caso de se perguntar: onde alguns críticos, principalmente aqueles que formam na quinta-coluna literária, procuram ver, na obra de Lima Barreto, apenas o improviso, o remoque ou a caricatura, não estará, ao contrário, a vontade deliberada de não falsear a verdade?

O que parece fora de dúvida é que o verdadeiro Brasil está mais nos livros de Lima Barreto que nos escritores citadinos ou regionalistas, tidos e havidos como os mais representativos do nosso 1900 literário, como Graça Aranha, Coelho Neto, Afonso Arinos ou Valdomiro Silveira. Não foi, portanto, o injuriado caricaturista e panfletário quem deformou a realidade, mas os outros que, movidos por este ou aquele motivo, mas cheios das melhores intenções, como é uso dizer-se, pretenderam dar aos seus quadros, *soi-disant* reais, tons mais alegres ou mais agradáveis, para disfarçar o que poderia parecer depreciativo, quando não vergonhoso à pudicícia nacional.

Com aquele espírito de observação, que se completa com uma dose não pequena de sarcasmo, Lima Barreto assim definiu a literatura de seu tempo, a literatura que Afrânio Peixoto queria que fosse "o sorriso da sociedade": "A nossa emotividade literária só se interessa pelos populares do sertão, unicamente porque são pitorescos e talvez não se possa verificar a verdade de suas criações. No mais, é uma continuação do exame de português, uma retórica mais difícil a se desenvolver por este tema sempre o mesmo: D. Dulce, moça de Botafogo, em Petrópolis, que se casa com o Dr. Frederico. O Comendador seu pai não quer, porque o tal Dr. Frederico, apesar de doutor, não tem emprego. Dulce vai à superiora do Colégio das Irmãs. Esta escreve à mulher do Ministro, antiga aluna do colégio, que arranja um emprego para o rapaz. Está acabada a história."

A *charge* define melhor a literatura da época que todo um tomo de crítica. Foi em meio a esse ambiente que Manuel Cavalcânti Proença classificou como sendo "a idade do ouro do lídimo linguajar castiço e vernáculo", onde abundavam os gramáticos e escasseavam os verdadeiros escritores, que Lima Barreto passou a ser acusado de desleixado de linguagem, quando não de subescritor.

E o mesmo crítico, autor de uma análise em profundidade do estilo de Lima Barreto, da qual o romancista sai engrandecido, completa a anotação, ao anotar com a seriedade de sempre: "Escrevendo numa época de fermentação purista, da crítica literária identificada ao espiolhamento dos erros de gramática, o 'desleixado' nasceu nessa época e vem até hoje. No tempo, até certo ponto, justo, pois queria significar apenas que o escritor, se bem de boa qualidade, não usava *bácaro* por bispo nem *vígíl* por insone. Hoje, é a apenas preguiça de revisão." (Ver prefácio ao volume *Impressões de leitura*, das *Obras Completas* de Lima Barreto, na edição Brasiliense.)

Igual dissecação procederia Antônio Houaiss, no que diz respeito à linguagem, mostrando com exemplos mais do que persuasivos até onde iam os conhecimentos de Lima Barreto do problema da língua, o que confere ao romancista autoridade bastante para as suas licenças gramaticais. O que parece fora de dúvida, e o ensaio de Houaiss vem confirmar, é que o escritor se empenhava em fazer obra atual e atuante, do seu tempo e do seu meio, literatura militante, como ele mesmo disse, sem a preocupação muito da época, segundo observação do próprio Lima Barreto, de *traduzir para o clássico* seu pensamento e sua emoção.

É admirável o acervo de palavras, expressões e modismos de inspiração nitidamente brasileira, com que Lima Barreto enriqueceu o português do Brasil, mas isso não é tudo. Penso que Antônio Houaiss coloca admiravelmente a questão, quando observa: "Lima Barreto poderá ser reputado 'incorreto', do ponto de vista gramatical, e de 'mau gosto', do ponto de vista 'estilístico' — afinal de contas, o conceito de correção, na nossa gramática, mandarina e bizantina, pode apresentar tais e tantos planos de julgamento, que poucos, pouquíssimos escritores poderão enfrentar todas as sanções de todos os planos; e afinal de contas, ainda, o problema do 'bom gosto' é infinitamente flutuante, no espaço, no tempo, e no mesmo espaço e no mesmo tempo, não parecendo constituir uma questão nodalmente estética."

Mas deixemos que Houaiss complete o seu raciocínio, num ponto do julgamento da obra do romancista que, sem ser fundamental, adquire foros de indiscutível importância, dado o seu caráter polêmico. "Lima Barreto — continuo a transcrever — não poderá, porém — senão levianamente —, ser considerado um absenteísta ou um ignorante da problemática da correção e da eficácia estética da linguagem. E, correto ou incorreto, de bom ou mau gosto, foi incontestavelmente um escritor muito consciente dos móveis e fins, recursos e meios — inscrevendo-se como um dos maiores, senão o maior, dos escritores realistas desta fase crítica de nossa evolução social. E isso com tal riqueza de 'comunicação' e de 'expressão', que, qualquer orientação gramatical ou estilística se pode comprazer em ver quantas questões queira, ligadas à formulação prática, lúdica, expositiva, silogística, impressiva, expressiva, automática ou trabalhada do problema da arte literária." (Ver o prefácio ao volume *Vida urbana*, das *Obras Completas*, na edição Brasiliense.)

O que importa é insistir que o romancista sabia o que estava fazendo. Não era simplesmente um 'desleixado', tampouco um inconsciente do seu papel. Torna-se necessário — convém insistir mais uma vez — apontar o que ele representa como reação contra o purismo — o falso purismo da época em que viveu e exerceu a sua atividade — não por falta de conhecimento de seu ofício, mas pela consciência de que se tornava imperioso criar alguma coisa de novo, escrever modernamente, sem artifícios, fora dos modelos convencionais. E foi o que ele fez. Decidiu não seguir a receita. Rebelou-se contra os formalismos. Desmoralizou o diletantismo literário. Mandou às favas a retórica balofa e inconseqüente e, com ela, os literatos borocochôs, que viviam falando na Grécia. Pôde assim inaugurar revolucionariamente a fase do romance moderno no Brasil. Do "romance de crítica social sem doutrinarismo dogmático", diria Monteiro Lobato, como que para separar, bem separados, o Lima Barreto do *Triste fim de Policarpo Quaresma* do Graça Aranha de *Canaã*.

Lobato teve a antevisão de que o autor do *Recordações do escrivão Isaías Caminha* acabara por enterrar a fase em que se cuidava impunemente da literatura como frívolo passatempo, impondo uma nova mentalidade, mais fecunda, que só muito mais tarde, com o romance nordestino de caráter social, iria adquirir foros de movimento, quando não de escola. A verdade é que foi o mulato carioca, isolado na sua casa suburbana, em Todos os Santos, o pioneiro em nossas letras da nova concepção do romance, que passou a ver o homem em função da sociedade em que vive e não apenas dentro de si mesmo, fosse um elegante petropolitano ou um caipira paulista.

Em suma, o verdadeiro Lima Barreto se impõe, assim, definitivamente, como criador de um estilo brasileiro, antecipando-se a Monteiro Lobato, aos modernistas de São Paulo e ao grupo nordestino. Antecipador, sim. E que teve ação tanto mais relevante por ter sido o sucessor imediato de Machado de Assis, com o contrapeso do seu contemporâneo Coelho Neto — ambos, Machado e Neto, lusitanizantes, um com gênio, outro sem ele — e que foram os principais responsáveis pela ruptura de uma maneira de ver, sentir e escrever brasileiramente, iniciada pelos nossos escritores românticos.

Este, o papel de Lima Barreto: o de ser um escritor brasileiro autêntico, tal como o foram Manuel Antônio de Almeida e José de Alencar, liberto do complexo colonialista e até mesmo rebelde às injunções do estilo e da gramática da antiga metrópole portuguesa.

A verdade é que o escritor permanece e está mais vivo do que nunca. Nisso reside, por irônica decisão do Destino, a glória póstuma de Lima Barreto, que foi em vida um fracassado...

O AUTOR E SEU TEMPO

1881   13 de maio: Nasce no Rio de Janeiro Afonso Henriques de Lima Barreto, filho de João Henriques de Lima Barreto, tipógrafo, e Amália Augusta Barreto, professora de escola pública, ambos mestiços.

1888   Março: Começa a freqüentar a Escola Pública da Professora Teresa Pimentel do Amaral, logo após a morte da mãe, que lhe havia ensinado os primeiros rudimentos de leitura.

1891   Março: Matricula-se, como aluno interno, no Liceu Popular Niteroiense, dirigido por William Cunditt, em Niterói, às expensas do padrinho, o Visconde de Ouro Preto.

1895   Faz os primeiros exames no Ginásio Nacional.

1896   Matricula-se no Colégio Paula Freitas, Rio de Janeiro, freqüentando o curso anexo preparatório à Escola Politécnica.

1897   É aprovado nos exames vestibulares à Escola Politécnica.

1902   Agosto: João Henriques, pai do escritor, enlouquece. Nesse mesmo ano aparece a sua primeira colaboração na imprensa periódica.

1903	Junho: Ingressa por concurso na Diretoria do Expediente da Secretaria da Guerra, abandonando assim o curso de engenharia.
1904	Começa a escrever *Clara dos Anjos* (primeira versão).
1905	12 de julho: Data do prefácio de *Recordações do escrivão Isaías Caminha*; por essa época, provavelmente, começou a escrever o livro.
1906	Data do prefácio de *Vida e morte de M. J. Gonzaga de Sá*; tudo indica que escreveu este livro, que só veio a ser publicado em 1919, em fins de 1906 e parte de 1907.
1910	Viagem a Juiz de Fora.
1914	Primeira estada no Hospício Nacional, de 18 de agosto a 13 de outubro.
1918	11 de maio: Lança no semanário ABC o seu manifesto maximalista.
1918	4 de novembro: Recolhido, com a clavícula fraturada, ao Hospital Central do Exército, onde fica até 5 de janeiro do ano seguinte.
1918	26 de dezembro: Decreto do Presidente da República aposentando o escritor.
1919	Candidato à Academia Brasileira de Letras, na vaga de Emílio de Menezes. Obtém apenas dois votos.
1919	Dezembro: Segunda estada no Hospício, até 2 de fevereiro do ano seguinte.

1920   Candidato ao prêmio da Academia, com o *Vida e morte de M. J. Gonzaga de Sá*. Obtém menção honrosa.

1921   Viagem a Mirassol (Estado de São Paulo).

1922   1 de novembro: Falece no Rio de Janeiro, à rua Mascarenhas, n. 26, em Todos os Santos. *Causa mortis*: gripe toráxica e colapso cardíaco.

1922   3 de novembro: Falece no Rio de Janeiro, na mesma casa, o pai do escritor.

ANTOLOGIA

Recordações do escrivão Isaías Caminha

Capítulo I

Anseios[1]

A tristeza, a compressão e a desigualdade de nível mental do meio familiar agiram sobre mim de um modo curioso: deram-me anseios de inteligência. Meu pai, que era fortemente inteligente e ilustrado, em começo, na minha primeira infância, estimulou-me pela obscuridade de suas exortações. Eu não tinha ainda entrado para o colégio, quando uma vez me disse: "Você sabe que nasceu quando Napoleão ganhou a batalha de Marengo?" Arregalei os olhos e perguntei: "Quem era Napoleão?" "Um grande homem, um grande general…" E não disse mais nada. Encostou-se à cadeira e continuou a ler o livro. Afastei-me sem entrar na significação de suas palavras; contudo, a entonação de voz, o gesto e o olhar ficaram-me eternamente. Um grande homem!…

---

[1] Os títulos dados aos trechos de romances que compõem esta seleção foram atribuídos pelo organizador, por vezes usando palavras do próprio Lima Barreto.

O espetáculo do saber de meu pai, realçado pela ignorância de minha mãe e de outros parentes dela, surgiu aos meus olhos de criança como um deslumbramento.

Pareceu-me então que aquela sua faculdade de explicar tudo, aquele seu desembaraço de linguagem, a sua capacidade de ler línguas diversas e compreendê-las, constituíam não só uma razão de ser de felicidade, de abundância e riqueza, mas também um título para o superior respeito dos homens e para a superior consideração de toda a gente.

Sabendo, ficávamos de alguma maneira sagrados, deificados... Se minha mãe me aparecia triste e humilde — pensava eu naquele tempo — era porque não sabia, como meu pai, dizer os nomes das estrelas do céu e explicar a natureza da chuva...

Foi com estes sentimentos que entrei para o curso primário. Dediquei-me açodadamente ao estudo. Brilhei, e com o tempo foram-se desdobrando as minhas primitivas noções sobre o saber.

Acentuaram-se-me tendências; pus-me a colimar glórias extraordinárias, sem lhes avaliar ao certo a significação e a utilidade. Houve na minha alma um tumultuar de desejos, de aspirações indefinidas. Para mim era como se o mundo me estivesse esperando para continuar a evoluir...

Ouvia uma tentadora sibila falar-me, a toda a hora, e a todo o instante, na minha glória futura. Agia desordenadamente e sentia a incoerência dos meus atos, mas esperava que o preenchimento final do meu destino me explicasse cabalmente. Veio-me a *pose*, a necessidade de ser diferente. Relaxei-me no vestuário e era preciso que minha mãe me repreendesse para que eu fosse mais zeloso. Fugia aos brinquedos, evitava os grandes grupos, punha-me só com um ou dois, à parte, no recreio do colégio; lá vinha um dia, porém, que brincava doidamente, apaixonadamente. Causava com isso espanto aos camaradas: "Oh! O Isaías brincando! Vai chover..."

Capítulo III

Um jornalista

Do interior de um café, o Laje chamou-me. Não estava só; acompanhava-o o doutor Ivã Gregoróvitch Rostóloff[2], jornalista brasileiro a quem fui apresentado.

— Do *Jornal do Brasil?* — perguntei.

— Não, senhor. Trabalhei no O *Combate*, de Belém; na *Gazeta de Leopoldina*; no *Deutsches Tageblatt*, de Blumenau; no *Al-Barid,* de São Paulo, e aqui, no Rio, no *Harum-Al-Raxid*, órgão da colônia síria. Pretendo, porém — acrescentou —, entrar em breve para *O Globo*, onde vou fazer o artigo de fundo e tratarei da política interna.

— Escreve em muitas línguas?

— Em dez.

— É extraordinário — fiz eu, não podendo conter a minha parva admiração.

— Tive sempre muito jeito... Logo, em menino, pelas primeiras lições de francês, comecei a escrever... Depois, houve sempre em mim um desejo de ver povos, de andar à aventura... Logo que saí da universidade, parti para a Índia. Queria servir a um rajá, mas não há mais rajás. Fui à China, ver se entrava como instrutor do exército do vice-rei de Cantão. Não consegui. Parti para o Japão, onde fui chefe de uma fábrica de pólvora... Tendo viajado muito...

— Você já esteve em Paris, Gregoróvitch? — indagou o padeiro.

— Ora! — fez o jornalista. — Quem já não esteve lá!

— Estive na Índia, em Calcutá, onde trabalhei ao lado do grande Rai Kisto. Conhece, doutor?

— Não.

---

2   O personagem, inspirado em Mário Cataruzza, jornalista italiano que militou na imprensa do Rio de Janeiro, como comentarista político, aparece com o nome ora de Ivã, ora de Michel. Na edição Brasiliense das *Obras de Lima Barreto*, uniformizou-se a grafia do nome, tal como é acima reproduzido...

— Quem? — indagou o Laje.

— Rai Kisto Das Pal Beader, um grande jornalista hindu... Admira-me que o doutor não o conheça; na Europa já se fala nele. O professor Bouglé, de Toulouse, cita o seu nome em uma das suas últimas obras...

— É vivo? — indaguei.

— Não. Morreu há alguns anos.

O caixeiro veio servir-nos café e o jornalista, depois de sorver um trago, perguntou-me:

— Já está formado?

— Vou matricular-me ainda — respondi sob o olhar de censura do Laje da Silva.

— Direito?

— Medicina...

— Não é mau... Toda a carreira serve, mas...

— O doutor é formado em Direito? — indaguei por minha vez.

— Não. Formei-me em Línguas Orientais e Exegese Bíblica, na Universidade de Sófia, tendo começado o curso no Cairo.

Disfarcei a vontade que me deu de rir, ouvindo tão extravagante título escolar. Havia alguma coisa de opereta, mas o homem era tão simpático, tinha sido tão amável e parecia tão ilustrado que me esforcei por sujeitar o meu ímpeto de rir, soltando uma frase à-toa:

— Na Europa, o homem de estudo tem campo, sabe onde deve chegar; aqui...

— Qual, doutor! Não há como a sua terra! A questão é pendurar, quando se entra, a sobrecasaca de cavalheiro no Pão de Açúcar; e no mais — tudo vai às mil maravilhas!

O padeiro ficou atônito com a cínica franqueza do julgamento do jornalista. Teve um assomo de virtude e objetou pudicamente:

— Nem tanto, doutor! Nem tanto! Olhe que ainda há homens honestos nesta terra e em altas posições — o que é mais raro!

O doutor Gregoróvitch dardejou-lhe um breve olhar sarcástico e, expelindo uma longa fumaça cheia de dúvida e de troça, disse devagar:

— Pode ser, Laje! Quem sabe?

Só, subindo a rua movimentada, pus-me a interrogar-me sobre o tal Gregoróvitch. De que nacionalidade era? Que espécie de moralidade seria a sua? Com aquele título burlesco de doutor em Línguas Orientais e Exegese Bíblica, quem poderia ser ao certo? Um bandido? Um aventureiro simplesmente? Ou um homem honesto, de sensibilidade pronta a fatigar-se logo com o espetáculo diário e que por isso corria o mundo? Quem seria? E jornalista! Jornalista em dez línguas desencontradas! Mas era simpático o diabo, de fisionomia inteligente...

Capítulo VI

Debrucei-me na muralha do cais e olhei o mar

— Foi o senhor que anunciou um rapaz para...
— Foi; é o senhor? — respondeu-me logo sem me dar tempo de acabar.
— Sou, pois não.

O gordo proprietário esteve um instante a considerar, agitou os pequenos olhos perdidos no grande rosto, examinou-me convenientemente e disse por fim, voltando-me as costas com mau humor:

— Não me serve.
— Por quê? — atrevi-me eu.
— Porque não me serve.

E veio vagarosamente até uma das portas da rua, enquanto eu saía literalmente esmagado. Naquela recusa do padeiro em me admitir, eu descobria uma espécie de sítio posto à minha vida. Sendo obrigado a trabalhar, o trabalho era-me recusado em nome de sentimentos injustificáveis. Facilmente generalizei e convenci-me de que esse seria o proceder geral. Imaginei as longas marchas que teria que fazer para arranjar qualquer coisa com que viver; as humilhações que teria que tragar; e, de novo, me veio aquele ódio do bonde, quando de volta da casa do deputado Castro. Revoltava-me que me obrigassem a despender tanta força de vontade, tanta energia com coisas em que os outros pouca gastavam.[3] Era uma desigualdade absurda, estúpida, contra a qual se iam quebrar o meu pensamento angustiado e os meus sentimentos liberais que não podiam acusar particularmente o padeiro. Que diabo! Eu oferecia-me, ele não queria! Que havia nisso demais?

Era uma simples manifestação de um sentimento geral, e era contra esse sentimento, aos poucos descoberto por mim, que eu me revoltava. Vim descendo a rua, e perdendo-me aos poucos no meu próprio raciocínio. Preliminarmente descobria-lhe absurdos, voltava ao anterior, misturava os dois, embrulhava-me. No Largo do Machado, contemplei durante momentos aquela igreja de frontão grego e colunas dóricas e tive a sensação de estar em país estrangeiro.

O álcool não entrava nos meus hábitos. Em minha casa, raramente o bebia. Naquela ocasião, porém, deu-me uma vontade de beber, de me embriagar, estava cansado de sentir, queria um narcótico que fizesse descansar os nervos tendidos pelos constantes abalos daqueles últimos dias. Entrei no café, mas tive nojo. Limitei-me a beber uma xícara de café e caminhei tristemente em direção ao mar, olhando com inveja um carregador que bebia um grande cálice de parati. Eu tinha uma imensa lassidão e uma grande fraqueza de energia mental. Quis descansar, debrucei-me na muralha do cais e olhei o mar. Estava calmo; a limpidez do céu e a luz macia

---

3 Nas excelentes "Notas ao Texto", que escreveu para a edição das *Obras completas*, observa Antônio Houaiss: "Com efeito, vida afora, senão episodicamente, nunca sacrificará a idéia ou o torneio vocabular para evitar cacofonias e cacófatos. E seu ponto de vista tem um apoio, não saberemos dizer se consciente, uma vez que raramente o cacófato o é de fato, pois as duas sílabas colidentes são átonas, no caso concreto e na maioria dos casos."

da manhã faziam-no aveludado. Os últimos sinais da tempestade da véspera tinham desaparecido. Havia satisfação e felicidade no ar, uma grande meiguice em tudo respirava; e isso pareceu-me hostil. Continuei a olhar o mar fixamente, de costas para os bondes que passavam. Aos poucos ele hipnotizou-me, atraiu-me, parecia que me convidava a ir viver nele, a dissolver-me nas suas águas infinitas, sem vontade nem pensamentos; a ir nas suas ondas experimentar todos os climas da terra, a gozar todas as paisagens, fora do domínio dos homens, completamente livre, completamente a coberto de suas regras e dos seus caprichos... Tive ímpetos de descer a escada, de entrar corajosamente pelas águas adentro, seguro de que ia passar a uma outra vida melhor, afagado e beijado constantemente por aquele monstro que era triste como eu. Os elétricos subiam vazios e desciam cheios. Ingleses de chapéus de palha cintados de fitas multicores, com pretensões a originalidade, enchiam-nos. Fumavam com desdém e iam convencidos na sua ignorância assombrosa que a língua incompreensível escondia de nós, que davam espetáculo a essa gente mais ou menos negra, de uma energia sobre-humana e de uma inteligência sem medida. Os bondes continuavam a passar muito cheios, tilintando e dançando sobre os trilhos. Se acaso um dos viajantes dava comigo, afastava logo o olhar com desgosto. Eu não tinha nem a simpatia com que se olham as árvores; o meu sofrimento e as minhas dores não encontravam o menor eco fora de mim. As plumas dos chapéus das senhoras e as bengalas dos homens pareceram-me ser enfeites e armas de selvagens, a cuja terra eu tivesse sido atirado por um naufrágio. Nós não nos entendíamos; as suas alegrias não eram as minhas; as minhas dores não eram sequer percebidas... Por força, pensei, devia haver gente boa aí... Talvez tivesse sido destronada, presa e perseguida; mas devia haver... Naquela que eu via ali, observei tanta repulsa nos seus olhos, tanta paixão baixa, tanta ferocidade que eu me cri entre *yahoos* e tive ímpetos de fugir antes de ser devorado... Só o mar me contemplava com piedade, sugestionando-me e prometendo-me grandes satisfações no meio de sua imensa massa líquida...

Capítulo XI

A casa do Rio Comprido

Durante todo esse tempo, residi em uma casa de cômodos na altura do Rio Comprido. Era longe; mas escolhera-a por ser barato o aluguel. Ficava a casa numa eminência, a cavaleiro da Rua Malvino Reis e, atualmente, os dois andares do antigo palacete que ela fora estavam divididos em duas ou três dezenas de quartos, onde moravam mais de cinqüenta pessoas.

O jardim, de que ainda restavam alguns gramados amarelecidos, servia de coradouro. Da chácara toda, só ficaram as altas árvores, testemunhas da grandeza passada, e que davam, sem fadiga nem simpatia, sombra às lavadeiras, cocheiros e criados, como antes o fizeram aos ricaços que ali tinham habitado. Guardavam o portão duas esguias palmeiras que marcavam o ritmo do canto de saudades que a velha casa suspirava; e era de ver, pelo estio, a resignação de uma velha e nodosa mangueira, furiosamente atacada pela variegada pequenada a disputar-lhe os grandes frutos, que alguns anos atrás bastavam de sobra para os antigos proprietários.

Houve noites em que como que ouvi aquelas paredes falarem, recordando o fausto sossegado que tinham presenciado,[4] os cuidados que tinham merecido e os quadros e retratos veneráveis que tinham suportado por tantos anos. Lembrar-se-iam certamente dos lindos dias de festa, dos casamentos, dos aniversários, dos batizados, em que pares bem postos dançavam entre elas os lanceiros e uma veloz valsa à francesa.

À noite, quando entravam aqueles cocheiros de grandes pés, aqueles carregadores suados, o soalho gemia, gemia particularmente, dolorosamente, angustiadamente... Que saudades não havia nes-

---

4 Sobre a regência do verbo *presenciar*, vale a pena reportar, ainda, a uma das notas de Antônio Houaiss: "A regência do pronome relativo em Lima Barreto é muito característica e não raro infringe frontalmente a perspectiva gramatical."

ses gemidos dos breves pés das meninas quebradiças que o tinham palmilhado tanto tempo!

A casa pertencera talvez a um oficial de Marinha, um chefe de esquadra. Havia ainda no teto do salão principal um Netuno com todos os atributos. O salão estava dividido ao meio por um tabique; os cavalos-marinhos e uma parte da concha ficaram de um lado e o deus do outro, com um pedaço do tridente, cercado de tritões e nereidas.

Num cômodo (em alguns) moravam às vezes famílias inteiras e eu tive ali ocasião de observar de que maneira forte a miséria prende solidamente os homens.

De longe, parece que toda essa gente pobre, que vemos por aí, vive separada, afastada pelas nacionalidades ou pela cor; no palacete, todos se misturavam e se confundiam. Talvez não se amassem, mas viviam juntos, trocando presentes, protegendo-se, prestando-se mútuos serviços. Bastava, entretanto, que surgisse uma desinteligência para que os tratamentos desprezíveis estalassem de parte a parte.

Certo, quando assistia a tais cenas, não ficava contente, mas também não sabia refletir por aquele tempo que, seja entre que homens for, desde que surjam desinteligências, logo rompem os tratamentos desprezíveis mais à mão.

Vi aí, na casa do Rio Comprido, os mais disparatados casos; e, pela manhã, aos domingos, quando me debruçava à janela, olhava brincando no terreiro uma pequenada em que se misturava o sangue de muitas partes do mundo. Em nenhum deles havia o gárrulo e a inocência dos meninos ricos; quando não eram humildes e tristes, eram irritáveis. Facilmente surgia uma rixa entre eles e o choro passava do contendor vencido a ser geral entre todos, com os castigos infligidos pelas mães aos culpados e não-culpados.

Admirava-me que essa gente pudesse viver, lutando contra a fome, contra a moléstia e contra a civilização; que tivesse energia para viver cercada de tantos males, de tantas privações e dificuldades. Não sei que estranha tenacidade a leva a viver e porque essa tenacidade é tanto mais forte quanto mais humilde e miserável. Vivia na casa uma rapariga preta que suportava dias inteiros de fome, mal vivendo do que lhe dava uma miserável prostituição; entretanto à menor dor de dentes chorava, temendo que a morte estivesse próxima.

Quando refletia assim, era tarde e, da janela do meu quarto, eu via bem a cortina de montanhas desde Santa Teresa ao Andaraí. O sol descambara de todo e a garganta da Tijuca estava cheia de nuvens douradas. Um pedaço do céu era violeta, um outro azul e havia mesmo uma parte em que o matiz era puramente verde.

Olhei aquelas encostas cobertas de árvores, de florestas que quase desciam por elas abaixo até às ruas da cidade cortadas de bondes elétricos. Quantas formas já as cobriram — quantas vidas já as não tinham pisado! Depois que a civilização viera, quantas vezes elas não tinham sido despovoadas, e perdido o seu tapete de verdura!? E pelos séculos, apesar dos cataclismos, das evoluções geológicas, da ação do homem, nem uma só vez aquela terra deixara de fazer surgir plenamente, nas ramagens das árvores e nas plumagens do passaredo, a energia vital que estava nas suas entranhas!

Capítulo XII

O *"quebra-lampião"*

A fisionomia das ruas era de expectativa. As patrulhas subiam e desciam; nas janelas havia muita gente espiando e esperando qualquer coisa. Tínhamos deixado a estação do Mangue, quando de todos os lados, das esquinas, das portas e do próprio bonde partiram gritos: Vira! Vira! Salta! Salta! Queima! Queima!

O cocheiro parou. Os passageiros saltaram. Num momento o bonde estava cercado por um grande magote de populares à frente do qual se movia um bando multicor de moleques, espécie de poeira humana que os motins levantam alto e dão heroicidade. Num ápice, o veículo foi retirado das linhas, untado de querosene e ardeu. Continuei a pé. Pelo caminho a mesma atmosfera de terror e expectativa. Uma força de cavalaria de polícia de sabre desembainhado corria em direção ao bonde incendiado. Logo que ela se afastou um pouco, de um grupo partiu uma tremenda assuada. Os assobios eram estridentes e longos; havia muito da força e da fraqueza do populacho naquela ingênua arma. E por todo o caminho, este cenário se repetia.

Uma força passava, era vaiada; se carregava sobre o povo, este dispersava-se, fragmentava-se, pulverizava-se, ficando um ou outro a receber lambadas num canto ou num portal fechado. O Largo de São Francisco era mesmo uma praça de guerra. Por detrás da Escola Politécnica, havia uma força e os toques da ordenança sucediam-se conforme as regras e preceitos militares. Parei. Um oficial a cavalo percorria a praça, intimando o povo a retirar-se. Obedeci e, antes de entrar na Rua do Ouvidor, a cavalaria, com os grandes sabres reluzindo ao sol, varria o largo com estrépito. Os curiosos encostavam-se às portadas das casas fechadas, mas aí mesmo os soldados iam surrá-los com vontade e sem pena. Era o motim.

As vociferações da minha gazeta tinham produzido o necessário resultado. Aquele repetir diário em longos artigos solenes de que o governo era desonesto e desejava oprimir o povo, que aquele projeto visava enriquecer um sindicato de fabricantes de calçado, que atentava contra a liberdade individual, que se devia correr a chicote tais administradores, tudo isso tinha-se encrostado nos espíritos e a irritação alastrava com a violência de uma epidemia.

Durante três dias a agitação manteve-se. Iluminação quase não havia. Na Rua do Ouvidor armavam-se barricadas, cobria-se o pavimento de rolhas para impedir as cargas de cavalaria. As forças eram recebidas a bala e respondiam. Plínio de Andrade, com quem há muito não me encontrava, veio a morrer num desses combates. Da sacada do jornal, eu pude ver os amotinados. Havia a poeira de garotos e moleques; havia o vagabundo, o desordeiro profissional, o pequeno burguês, empregado, caixeiro e estudante; havia emissários de políticos descontentes. Todos se misturavam, afrontavam as balas, unidos pela mesma irritação e pelo mesmo ódio à polícia, onde uns viam o seu inimigo natural e outros o Estado, que não dava a felicidade, a riqueza e a abundância.

O motim não tem fisionomia, não tem forma, é improvisado. Propaga-se, espalha-se, mas não se liga. O grupo que opera aqui não tem ligação alguma com o que tiroteia acolá. São independentes; não há um chefe-geral nem um plano estabelecido. Numa esquina, numa travessa, forma-se um grupo, seis, dez, vinte pessoas diferentes, de profissão, inteligência e moralidade. Começa-se a discutir, ataca-se o Governo; passa o bonde e alguém lembra: vamos queimá-lo. Os outros não refletem, nada objetam e correm a incendiar o bonde.

O apagamento momentâneo da honestidade e a revolta contra pessoas inacessíveis levam os melhores a esses atentados brutais contra a propriedade particular e pública. Concorre também muito a nossa perversidade natural, o nosso desejo de destruir, que, adormecido no fundo de nós mesmos, surge nesses momentos, quando a lei foi esquecida e a opinião não nos vigia.

No jornal exultava-se. As vitórias do povo tinham hinos de vitórias da pátria. Exagerava-se, mentia-se, para se exaltar a população. Em tal lugar, a polícia foi repelida; em tal outro, recusou-se a atirar sobre o povo. Eu não fui para casa, dormi pelos cantos da redação e assisti à tiragem do jornal: tinha aumentado cinco mil exemplares. Parecia que a multidão o procurava como estimulante para a sua atitude belicosa. O serviço normal da folha fazia-se com atividade. Os repórteres iam aos lugares perigosos, aos pontos mais castigados pela polícia, corriam a cidade em tílburis. Nem os revisores nem os seus suplentes faltavam à chamada; outro tanto sucedia com os tipógrafos e os outros operários.

Toda essa abnegação era para garantir os seus mesquinhos empregos. Um pobre tipógrafo, que morava para a Saúde, onde o trânsito se fazia com os maiores perigos, ficou todos os três dias no jornal. Temia ser morto por uma bala perdida. Houvera muitas mortes assim, mas os jornais não as noticiavam. Todos eles procuravam lisonjear a multidão, mantê-la naquelas refregas sangrentas, que lhes aumentava a venda. Não queriam abater a coragem do povo com a imagem aterradora da morte. A polícia atirava e não matava; os populares atiravam e não matavam. Parecia um torneio... Entretanto eu vi morrer quase em frente ao jornal um popular. Era de tarde. O pequeno italiano, na esquina, apregoava os jornais da tarde: *Notícia! Tribuna! Despacho!*

De há muito que a rua parecia retomar a sua vida normal. Durante todo o dia os passeios se fizeram como nos dias comuns; repentinamente, porém, uns grupos que paravam no canto do Largo de São Francisco vaiaram a polícia. O esquadrão, com o alferes na frente, partiu como uma flecha e foi descendo a Rua do Ouvidor, distribuindo cutiladas para todos os lados. O pequeno vendedor de jornais não teve tempo de fugir e foi derrubado pelos primeiros cavalos e envolvido nas patas dos seguintes, que o atiraram de um lado para o outro como se fosse um bocado de lama.

Triste fim de Policarpo Quaresma

Capítulo III

Cavaco entre reformados

O general ficara na sala de jantar, fumando, cercado dos mais titulados e dos mais velhos. Estavam com ele o contra-almirante Caldas, o major Inocêncio, o doutor Florêncio e o capitão de bombeiros Sigismundo.

Inocêncio aproveitou a ocasião para fazer uma consulta a Caldas sobre assunto de legislação militar. O contra-almirante era interessantíssimo. Na Marinha, por pouco que não fazia *pendant* com Albernaz no Exército. Nunca embarcara, a não ser na guerra do Paraguai, mas assim mesmo por muito pouco tempo. A culpa, porém, não era dele. Logo que se viu primeiro-tenente, Caldas foi aos poucos se metendo consigo, abandonando a roda dos camaradas, de forma que, sem empenhos e sem amigos nos altos lugares, se esqueciam dele e não lhe davam comissões de embarque. É curiosa essa coisa de administrações militares: as comissões são merecimento, mas só se as dá aos protegidos.

Certa vez, quando já era capitão-tenente, deram-lhe um embarque em Mato Grosso. Nomearam-no para comandar o couraçado "Lima Barros". Ele lá foi, mas, quando se apresentou ao comandante da flotilha, teve notícia de que não existia no rio Paraguai semelhante navio. Indagou daqui e dali e houve quem aventurasse que podia ser que o tal "Lima Barros" fizesse parte da esquadrilha do alto Uruguai. Consultou o comandante.

— Eu, no seu caso — disse-lhe o superior — partia imediatamente para a flotilha do Rio Grande.

Ei-lo a fazer malas para o alto Uruguai, aonde chegou enfim, depois de uma penosa e fatigante viagem. Mas aí também não estava o tal "Lima Barros". Onde estaria então? Quis telegrafar para o Rio de Janeiro, mas teve medo de ser censurado, tanto mais que não andava em cheiro de santidade. Esteve assim um mês em Itaqui, hesitante, sem receber soldo e sem saber que destino tomar. Um dia lhe veio a idéia de que o navio bem poderia estar no Amazonas. Embarcou na intenção de ir ao extremo norte, e quando passou pelo Rio, conforme a praxe, apresentou-se às altas autoridades da Marinha. Foi preso e submetido a Conselho.

O "Lima Barros" tinha ido a pique, durante a guerra do Paraguai.

Embora absolvido, nunca mais entrou em graça dos ministros e dos seus generais. Todos o tinham na conta de parvo, de um comandante de opereta que andava à cata do seu navio pelos quatro pontos cardeais. Deixaram-no "encostado", como se diz na gíria militar, e ele levou quase quarenta anos para chegar de guarda-marinha a capitão-de-fragata. Reformado no posto imediato, com a graduação do seguinte, todo o seu azedume contra a Marinha se concentrou num longo trabalho de estudar leis, decretos, alvarás, avisos, consultas, que se referissem a promoções de oficiais. Comprava repertórios de legislação, armazenava coleções de leis, relatórios, e encheu a casa de toda essa enfadonha e fatigante literatura administrativa. Os requerimentos, pedindo a modificação da sua reforma, choviam sobre os ministros da Marinha. Corriam meses o infinito rosário de repartições e eram sempre indeferidos, sobre consultas do Conselho Naval ou do Supremo Tribunal Militar. Ultimamente constituíra advogado junto à justiça federal e lá andava ele de cartório em cartório, acotovelando-se com meirinhos, escrivães, juízes e advogados

— esse poviléu rebarbativo do foro que parece ter contraído todas as misérias que lhe passam pelas mãos e pelos olhos.

Inocêncio Bustamante também tinha a mesma mania demandista. Era renitente, teimoso, mas servil e humilde. Antigo voluntário da pátria, possuindo honras de major, não havia dia em que não fosse ao quartel-general ver o andamento de seu requerimento e de outros. Num pedia inclusão no Asilo dos Inválidos, noutro honras de tenente-coronel, noutro tal ou qual medalha; e, quando não tinha nenhum, ia ver o dos outros.

Não se pejou mesmo de tratar do pedido de um maníaco que, por ser tenente honorário e também da Guarda Nacional, requereu lhe fosse passada a patente de major, visto que dois galões mais outros dois fazem quatro — o que quer dizer: major.

Conhecedor dos estudos meticulosos do Almirante, Bustamante fez a sua consulta.

— Assim de pronto, não sei. Não é a minha especialidade o Exército, mas vou ver. Isto também anda tão atrapalhado!

Acabando de responder, coçava um dos seus favoritos brancos, que lhe davam um ar de "comodoro" ou de chacareiro português, pois era forte nele o tipo lusitano.

— Ah! Meu tempo — observou Albernaz. — Quanta ordem! Quanta disciplina!

— Não há mais gente que preste — disse Bustamante.

Sigismundo por aí aventurou também a sua opinião, dizendo:

— Eu não sou militar, mas...

— Como não é militar? — fez Albernaz, com ímpeto. — Os senhores é que são os verdadeiros: estão sempre com o inimigo na frente, não acha, Caldas?

— Decerto, decerto — fez o almirante cofiando os favoritos.

— Como ia dizendo — continuou Sigismundo —, apesar de não ser militar, eu me animo a dizer que a nossa força está muito por baixo. Onde está um Porto Alegre, um Caxias?

— Não há mais, meu caro — confirmou com voz tênue o doutor Florêncio.

— Não sei por que, pois tudo hoje não vai pela ciência?

Fora Caldas quem falara, tentando a ironia. Albernaz indignou-se e retrucou-lhe com certo calor:

— Eu queria ver esses meninos bonitos, cheios de "xx" e "yy" em Curupaiti, heim Caldas? heim Inocêncio?

O doutor Florêncio era o único paisano da roda. Engenheiro e empregado público, os anos e o sossego de sua vida lhe tinham feito perder todo o saber que porventura pudesse ter tido ao sair da escola. Era mais um guarda de encanamentos do que mesmo um engenheiro. Morando perto de Albernaz, era raro que não viesse toda a tarde jogar o solo com o general. O doutor Florêncio perguntou:

— O senhor assistiu, não foi, general?

O general não se deteve, não se atrapalhou, não gaguejou e disse com a máxima naturalidade:

— Não assisti. Adoeci e vim para o Brasil nas vésperas. Mas tive muitos amigos lá: o Camisão, o Venâncio...

Todos se calaram e olharam a noite que chegava. Da janela da sala onde estavam, não se via nem um monte. O horizonte estava circunscrito aos fundos dos quintais das casas vizinhas com as suas cordas de roupas a lavar, suas chaminés e o piar dos pintos. Um tamarineiro sem folhas lembrava tristemente o ar livre, as grandes vistas sem fim. O sol já tinha desaparecido do horizonte e as tênues luzes dos bicos de gás e dos lampiões familiares começavam a acender-se por detrás das vidraças.

Segunda Parte

Capítulo I

Para que tanta coisa,
tanto livro, tanto vidro?

Oh! terra abençoada! Como é que toda a gente queria ser empregado público, apodrecer numa banca, sofrer na sua independência e no seu orgulho? Como é que se preferia viver em casas apertadas, sem ar, sem luz, respirar um ambiente epidêmico, sustentar-se de maus alimentos, quando se podia tão facilmente obter uma vida feliz, farta, livre, alegre e saudável?

E era agora que ele chegava a essa conclusão, depois de ter sofrido a miséria da cidade e o emasculamento da repartição pública, durante tanto tempo! Chegara tarde, mas não a ponto de que não pudesse, antes da morte, travar conhecimento com a doce vida campestre e a feracidade das terras brasileiras. Então pensou que foram vãos aqueles seus desejos de reformas capitais nas instituições e costumes: o que era principal à grandeza da pátria estremecida era uma forte base agrícola, um culto pelo seu solo ubérrimo, para alicerçar fortemente todos os outros destinos que ela tinha de preencher.

Demais, com terras tão férteis, climas variados, a pemitir uma agricultura fácil e rendosa, este caminho estava naturalmente indicado.

E ele viu então diante dos seus olhos as laranjeiras, em flor, olentes, muito brancas, a se enfileirar pelas encostas das colinas, como teorias de noivas; os abacateiros, de troncos rugosos, a sopesar com esforço os grandes pomos verdes; as jabuticabas negras a estalar dos caules rijos; os abacaxis coroados que nem reis, recebendo a unção quente do sol; as abobreiras a se arrastarem com flores carnudas cheias de pólen; as melancias de um verde tão fixo que parecia pintado; os pêssegos veludosos, as jacas monstruosas, os jambos, as mangas capitosas; e dentre tudo aquilo surgia uma linda mulher, com o regaço cheio de frutos e um dos ombros nu, a lhe sorrir agradecida, com um imaterial sorriso demorado de deusa — era Pomona, a deusa dos vergéis e dos jardins!...

As primeiras semanas que passou no "Sossego", Quaresma as empregou numa exploração em regra da sua nova propriedade. Havia nela terra bastante, velhas árvores frutíferas, um capoeirão grosso com camarás, bacurubus, tinguacibas, tibibuias, monjolos, e outros espécimens. Anastácio, que o acompanhara, apelava para as suas recordações de antigo escravo de fazenda, e era quem ensinava os nomes dos indivíduos da mata a Quaresma, muito lido e sabido em coisas brasileiras.

O major logo organizou um museu dos produtos naturais do "Sossego". As espécies florestais e campesinas foram etiquetadas com os seus nomes vulgares, e quando era possível com os científicos. Os arbustos, em herbário, e as madeiras, em pequenos tocos, secionados longitudinal e transversalmente.

Os azares de leituras tinham-no levado a estudar as ciências naturais e o furor autodidata dera a Quaresma sólidas noções de Botânica, Zoologia, Mineralogia e Geologia.

Não foram só os vegetais que mereceram as honras de um inventário; os animais também, mas como ele não tinha espaço suficiente e a conservação dos exemplares exigia mais cuidado, Quaresma limitou-se a fazer o seu museu no papel, por onde sabia que as terras eram povoadas de tatus, cutias, preás, cobras variadas, saracuras, sanãs, avinhados, coleiros, tiês etc. A parte mineral era pobre, argilas, areia e, aqui e ali, uns blocos de granito esfoliando-se.

Acabado esse inventário, passou duas semanas a organizar a sua biblioteca agrícola e uma relação de instrumentos meteorológicos para auxiliar os trabalhos da lavoura.

Encomendou livros nacionais, franceses, portugueses; comprou termômetros, barômetros, pluviômetros, higrômetros, anemômetros. Vieram estes e foram arrumados e colocados convenientemente.

Anastácio assistia a todos esses preparativos com assombro. Para que tanta coisa, tanto livro, tanto vidro? Estaria o seu antigo patrão dando para farmacêutico? A dúvida do preto velho não durou muito. Estando em certa vez Quaresma a ler o pluviômetro, Anastácio, ao lado, olhava-o espantado, como quem assiste a um passe de feitiçaria. O patrão notou o espanto do criado e disse:

— Sabes o que estou fazendo, Anastácio?

— Não "sinhô".

— Estou vendo se choveu muito.

— Para que isso, patrão? A gente sabe logo "de olho" quando chove muito ou pouco... isso de plantar é capinar, pôr a semente na terra, deixar crescer e apanhar...

Ele falava com a sua voz mole de africano, sem "rr" fortes, com lentidão e convicção.

Quaresma, sem abandonar o instrumento, tomou em consideração o conselho de seu empregado. O capim e o mato cobriam as suas terras. As laranjeiras, os abacateiros, as mangueiras estavam sujos, cheios de galhos mortos e cobertos de uma medusina cabeleira de erva-de-passarinho; mas, como não fosse época própria à poda e ao corte dos galhos mortos, Quaresma limitou-se a capinar por entre os pés das fruteiras. De manhã, logo ao amanhecer, ele mais o Anastácio lá iam, de enxada ao ombro, para o trabalho do campo. O sol era forte e rijo; o verão estava no auge, mas Quaresma era inflexível e corajoso. Lá ia.

Era de vê-lo, coberto com um chapéu de palha de coco, atracado a um grande enxadão de cabo nodoso, ele, muito pequeno, míope, a dar golpes sobre golpes para arrancar um teimoso pé de guaxumba. A sua enxada mais parecia uma draga, um escavador, que um pequeno instrumento agrícola. Anastácio, junto ao patrão, olhava-o com piedade e espanto. Por gosto andar naquele sol a capinar sem saber?... Há cada coisa neste mundo!

Segunda Parte

Capítulo II

Caixotins humanos

Os subúrbios do Rio de Janeiro são a mais curiosa coisa em matéria de edificação na cidade. A topografia do local, caprichosamente montuosa, influiu decerto para tal aspecto, mais influíram, porém, os azares das construções.

Nada mais irregular, mais caprichoso, mais sem plano qualquer, pode ser imaginado. As casas surgiram como se fossem semeadas ao vento e, conforme as casas, as ruas se fizeram. Há algumas delas que começam largas como *boulevards* e acabam estreitas que nem vielas; dão voltas, circuitos inúteis e parecem fugir ao alinhamento reto com um ódio tenaz e sagrado.

Às vezes se sucedem na mesma direção com uma freqüência irritante, outras se afastam, e deixam de permeio um longo intervalo coeso e fechado de casas. Num trecho, há casas amontoadas umas sobre outras numa angústia de espaço desoladora, logo adiante um vasto campo abre ao nosso olhar uma ampla perspectiva.

Marcham assim ao acaso as edificações e conseguintemente o arruamento. Há casas de todos os gostos e construídas de todas as formas.

Vai-se por uma rua a ver um correr de *chalets*, de porta e janela, parede de frontal, humildes e acanhados, de repente se nos depara uma casa burguesa, dessas de compoteiras na cimalha rendilhada, a se erguer sobre um porão alto com mezaninos gradeados. Passada essa surpresa, olha-se acolá e dá-se com uma choupana de pau-a-pique, coberta de zinco ou mesmo de palha, em torno da qual formiga uma população; adiante, é uma velha casa de roça, com varanda e colunas de estilo pouco classificável, que parece vexada e querer ocultar-se, diante daquela onda de edifícios disparatados e novos.

Não há nos nossos subúrbios coisa alguma que nos lembre os famosos das grandes cidades européias, com as suas vilas de ar repousado e satisfeito, as suas estradas e ruas macadamizadas e cuidadas, nem mesmo se encontram aqueles jardins cuidadinhos, aparadinhos e penteados, porque os nossos, se os há, são em geral pobres, feios e desleixados.

Os cuidados municipais também são variáveis e caprichosos. Às vezes, nas ruas, há passeios em certas partes e outras não; algumas vias de comunicação são calçadas e outras da mesma importância estão ainda em estado de natureza. Encontra-se aqui um pontilhão bem cuidado sobre um rio seco e passos além temos que atravessar um ribeirão sobre uma pinguela de trilhos mal juntos.

Há pelas ruas damas elegantes, com sedas e brocados, evitando a custo que a lama ou o pó lhes empanem o brilho do vestido; há operários de tamancos; há peralvilhos à última moda; há mulheres de chita; e assim pela tarde, quando essa gente volta do trabalho ou do passeio, a mescla se faz numa mesma rua, num quarteirão, e quase sempre o mais bem posto não é o que entra na melhor casa.

Além disto, os subúrbios têm mais aspectos interessantes, sem falar no namoro epidêmico e no espiritismo endêmico; as casas de cômodos (quem as suporia lá!) constituem um deles bem inédito. Casas que mal dariam para uma pequena família são divididas, subdivididas, e os minúsculos aposentos assim obtidos, alugados à população miserável da cidade. Aí, nesses caixotins humanos, é que se encontra a fauna menos observada da nossa vida, sobre a qual a miséria paira com um rigor londrino.

Não se podem imaginar profissões mais tristes e mais inopinadas da gente que habita tais caixinhas. Além dos serventes de repartições, contínuos de escritórios, podemos deparar velhas fabricantes de rendas de bilros, compradores de garrafas vazias, castradores de gatos, cães e galos, mandingueiros, catadores de ervas medicinais, enfim, uma variedade de profissões miseráveis que as nossas pequena e grande burguesias não podem adivinhar.

Às vezes num cubículo desses se amontoa uma família, e há ocasiões em que os seus chefes vão a pé para a cidade por falta do níquel do trem.

Terceira Parte

Capítulo I

Audiência presidencial

Ficara Quaresma a um canto vendo entrar um e outro, à espera que o presidente o chamasse. Era cedo, pouco devia faltar para o meio-dia, e Floriano tinha ainda, como sinal do almoço, o palito na boca.

Falou em primeiro lugar a uma comissão de senhoras que vinham oferecer o seu braço e o seu sangue em defesa das instituições e da pátria. A oradora era uma mulher baixa, de busto curto, gorda, com grandes seios altos e falava agitando o leque fechado na mão direita.

Não se podia dizer bem qual a sua cor, sua raça, ao menos: andavam tantas nela que uma escondia a outra, furtando toda ela a uma classificação honesta.

Enquanto falava, a mulherzinha deitava sobre o marechal os grandes olhos que despediam chispas. Floriano parecia incomodado com aquele chamejar; era como se temesse derreter-se ao calor daquele olhar que queimava mais sedução que patriotismo. Fugia encará-la, abaixava o rosto como um adolescente, batia com os dedos na mesa...

Quando lhe chegou a vez de falar, levantou um pouco o rosto, mas sem encarar a mulher, e, com um grosso e difícil sorriso de roceiro, declinou da oferta, visto a República ainda dispor de bastante força para vencer.

A última frase, ele a disse com mais vagar e quase ironicamente. As damas despediram-se; o marechal girou o olhar em torno do salão e deu com Quaresma:

— Então, Quaresma! — fez ele familiarmente.

O major ia aproximar-se, mas logo estacou no lugar em que estava. Uma chusma de oficiais subalternos e cadetes cercou o ditador e a sua atenção convergiu para eles. Não se ouvia o que diziam. Falavam ao ouvido de Floriano, cochichavam, batiam-lhe nas espáduas. O marechal quase não falava: movia com a cabeça ou pronunciava um monossílabo, coisa que Quaresma percebia pela articulação dos lábios.

Começaram a sair. Apertavam a mão do ditador e, um deles, mais jovial, mais familiar, ao despedir-se, apertou-lhe com força a mão mole, bateu-lhe no ombro com intimidade, e disse alto e com ênfase:

— Energia, marechal!

Aquilo tudo parecia tão natural, normal, tendo entrado no novo cerimonial da República, que ninguém, nem o próprio Floriano, teve a mínima surpresa, ao contrário alguns até sorriram alegres por ver o califa, o cã, o emir, transmitir um pouco do que tinha de sagrado ao subalterno desabusado. Não se foram todos imediatamente. Um deles demorou-se mais a segredar coisas à suprema autoridade do país. Era um cadete da Escola Militar, com a sua farda azul-turquesa, talim e sabre de praça de pré.

Os cadetes da Escola Militar formavam a falange sagrada.

Tinham todos os privilégios e todos os direitos; precediam ministros nas entrevistas com o ditador e abusavam dessa situação de esteio do Sila, para oprimir e vexar a cidade inteira.

Uns trapos de positivismo se tinham colado naquelas inteligências e uma religiosidade especial brotara-lhes no sentimento, tranformando a autoridade, especialmente Floriano e vagamente a República, em artigo de fé, em feitiço, em ídolo mexicano, em cujo altar todas as violências e crimes eram oblatas dignas e oferendas úteis para a sua satisfação e eternidade.

O cadete lá estava...

Quaresma pôde então ver melhor a fisionomia do homem que ia enfeixar em suas mãos, durante quase um ano, tão fortes poderes de Imperador Romano, pairando sobre tudo, limitando tudo, sem encontrar obstáculo algum aos seus caprichos, às suas fraquezas e vontades, nem nas leis, nem nos costumes, nem na piedade universal e humana.

Era vulgar e desoladora. O bigode caído; o lábio inferior pendente e mole a que se agarrava uma grande "mosca"; os traços flácidos e grosseiros; não havia nem o desenho do queixo ou olhar que fosse prórpio, que revelasse algum dote superior. Era um olhar mortiço, redondo, pobre de expressões, a não ser de tristeza que não lhe era individual, mas nativa, de raça; e todo ele era gelatinoso — parecia não ter nervos.

Não quis o major ver em tais sinais nada que lhe denotasse o caráter, a inteligência e o temperamento. Essas coisas não vogam, disse ele de si para si.

Numa e a ninfa

Capítulo II

Lucrécio Barba-de-Bode

O copeiro interrompeu-os e avisou o patrão de que estava aí o Lucrécio que lhe queria falar.

Lucrécio, ou melhor: Lucrécio Barba-de-Bode, por sua alcunha, que tão intempestivamente interrompia o almoço do deputado Numa Pompílio, não era propriamente um político, mas fazia parte da política e tinha o papel de ligá-la às classes populares. Era um mulato moço, nascido por aí, carpinteiro de profissão, mas de há muito que não exercia o ofício. Um conhecido, certo dia, disse-lhe que ele era bem tolo em estar trabalhando que nem um mouro; que isso de ofício não dá nada; que se metesse em política. Lucrécio julgava que esse negócio de política era para os graúdos, mas o amigo lhe afirmou que todos tinham direito a ela, estava na Constituição.

Já o seu amigo fora manobreiro da Central, mas não quis ficar naquela "joça" e estava arranjando coisa melhor. Dinheiro não lhe faltava e mostrou-lhe vinte mil-réis: — Sabes como arranjei? — fez o outro. — Arranjei com o Totonho do Catete, que trabalha para o Campelo.

Lucrécio tomou nota da coisa e continuou a aplainar as tábuas, de mau humor. Que diabo? Para que esse esforço, para que tanto trabalho?

Fez-se eleitor e alistou-se no bando do Totonho, que trabalhava para o Campelo. Deu em faltar à oficina, começou a usar armas, a habituar-se a rolos eleitorais, a auxiliar a soltura dos conhecidos, pedindo e levando cartas deste ou daquele político para as autoridades. Perdeu o medo das leis, sentiu a injustiça do trabalho, a niilidade do bom comportamento. Todo o seu sistema de idéias e noções sobre a vida e a sociedade modificou-se, se não se inverteu. Começou a desprezar a vida dos outros e a sua também. Vida não se fez para negócio... Meteu-se numa questão de jogo com um rival temido, matou-o e foi sagrado valente. Foi a júri e, absolvido, por isto ou por aquilo, o Totonho fez constar que o fora por empenho do doutor Campelo. Daí em diante se julgou cercado de um halo de impunidade e encheu-se de processos. Quando voltou a noções mais justas e ponderou o exato poder de seus mandantes, estava inutilizado, desacreditado e tinha que continuar no papel...

Vivia de expedientes, de pedir a este ou àquele, de arranjar proteção para tavolagens em troca de subvenções disfarçadas. Sentia necessidade de voltar ao ofício, mas estava desabituado e sempre tinha a esperança de um emprego aqui ou ali, que lhe haviam vagamente prometido. Não sendo nada, não se julgava mais operário; mesmo os de seu ofício não o procuravam e se sentia mal no meio deles. Passava os dias nas casas do Congresso; conhecia-lhes o regimento, os empregados; sabia dos boatos políticos e das chicanas eleitorais. Entusiasmava-se nas cisões por ofício e por necessidade. Era este o Lucrécio que, ao entrar, fez com toda a jovialidade:

— Bons dias.

Capítulo III

A *Cidade Nova*

A Cidade Nova de França Júnior já morreu, como já tinha morrido a do *Sargento de milícias* quando França escreveu.

As mesmas razões que levaram a população de cor, livre, a procurá-la, há sessenta anos, levou também a população branca necessitada, de imigrantes e seus descendentes, a ir habitá-la também.

Em geral, era e ainda é a população de cor, composta de gente de fracos meios econômicos, que vive de pequenos empregos; tem, portanto, que procurar habitação barata, nas proximidades do lugar onde trabalha e veio daí a sua procura pelas cercanias do aterrado; desde, porém, que a ela se vieram juntar os imigrantes italianos ou de outras procedências, vivendo de pequenos ofícios, pelas mesmas razões eles a procuraram.

Já se vê, pois, que, ao lado da população de cor, naturalmente numerosa, há uma grande e forte população branca, especialmente de italianos e descendentes. Não é raro ver-se, naquelas ruas, valentes napolitanos a sopesar na cabeça fardos de costuras que levaram a manufaturar em casa; e a marcha esforçada faz os seus grandes argolões de ouro balançarem nas orelhas, tão intensamente que se chega a esperar que chocalhem. Por toda a parte há remendões; e, de manhã, muito antes que o sol se levante, daquelas medíocres casas, daquelas tristes estalagens, saem os vendedores de jornais, com suas correias e bolsas a tiracolo que são o seu distintivo, saindo também peixeiros e vendedores de hortaliças com os cestos vazios.

A nacional, branca ou não, é composta de tipógrafos, de impressores, de contínuos e serventes de repartições, de pequenos empregados públicos ou de casas particulares, que lá moram por encontrar habitação barata e evitar a despesa da condução.

Basta examinar um pouco para se verificar a verdade disso e é de admirar que os observadores profissionais não tenham atinado com fato tão evidente.

É de ver aquelas ruas pobres, com aquelas linhas de rótulas discretas em casas tão frágeis, dando a impressão de que vão desmoronar-se, mas, de tal modo, umas se apóiam nas outras, que duram anos, e constituem um bom emprego de capital. Porque não são tão baratos assim aqueles casebres e a pontualidade no pagamento é regra geral. A não ser nos domingos, a Cidade Nova é sorumbática e cismadora, entre as suas montanhas e com a sua mediocridade burguesa. O namoro, como em toda a parte, impera; é feito, porém, com tantas precauções, é cercado de tanto mistério, que fica tendo o amor, além da sua tristeza inevitável, uma caligem de crime, de coisa defendida.

Por parte dos pais, dada a sua condição, há o temor de sedução, da desonra e a vigilância se opera com redobrado vigor sobre as filhas; e, para vencê-la, há os processos avelhantados da linguagem das flores, dos meneios do leque e da bengala, e o geral aos bairros, do "abarracamento".

Não é verdade, como fazem crer os panurgianos de "revistas" e folhetins *surannés*, que os seus bailes sejam coisas licenciosas. Há neles até exagero de vigilância materna ou paterna, de preceitos, de regras costumeiras de grupo social inferior que realiza a criação ou a invenção de outro grupo. Mais do que neles, nos grandes bailes luxuosos teria razão o árabe de Anatole France.

Como em todas as partes, em todas as épocas, em todos os países, em todas as raças, embora se dê, às vezes, o contrário, sendo mesmo condição vital à existência e progresso das sociedades — os inferiores se apropriam e imitam os ademanes, a linguagem, o vestuário, as concepções de honra e família dos superiores. Toda a invenção social é criação de um indivíduo ou um grupo particular propagado por imitação a outros indivíduos e grupos; e quem sabe disso não tem que se amofinar com os bailes da Cidade Nova, ou fazer acreditar que sejam batuques ou sambas, que lá os há como em todos os bairros. É exceção.

A Cidade Nova dança à francesa ou à americana e ao som do piano. Há por lá até o célebre tipo do pianista, tão amaldiçoado, mas tão aproveitado que bem se induz que é ocultamente querido por toda a cidade. É um tipo bem característico, bem função do lugar, o que vem a demonstrar que o "cateretê" não é bem do que a Cidade Nova gosta.

O pianista é o herói-poeta, é o demiurgo estético, é o resumo, a expressão dos anseios de beleza daquela parte do Rio de Janeiro. É sempre bem-vindo; é, às vezes, mesmo disputado. As moças conhecem os seus hábitos, as suas roupas e pronunciam-lhe as alcunhas e nomes com uma entonação de quase adoração amorosa. É o "Xixi", o "Dudu", o "Bastinhos".

São mais apreciados os que tocam "de ouvido" e parece que eles põem nas "fiorituras", trinados e "mordentes", com que urdem as composições suas e dos outros, um pouco do imponderável, do vago, do indistinto que há naquelas almas.

Uma *schottische,* tocada por eles, ritma o sonho daquelas cabeças, e põe em seu pensamento não sei que promessas de felicidade que todos se transfiguram quando o pianista a toca.

Afora a modinha, tão amada por todos nós, são as valsas, as polcas, que saem dos dedos de seus pianistas a expressão de arte que a Cidade Nova ama e quer.

É assim aquela parte da cidade, bem grande e cismadora, bem curiosa e esquecida, que fica entre aqueles morros e tem quase ao centro o palmeiral do Mangue que cresce no lodo e beija o céu.

[...]

O *doutor Bogóloff*

O doutor Grégory Petróvitch Bogóloff[5] era russo e tinha vindo para o Brasil como imigrante. Lucrécio conhecera-o na rua, num botequim; bebera com ele e, sabedor de que não tinha pouso, cede-

---

5 Um dos mais curiosos personagens da galeria lima-barretiana, aparece também nas *Aventuras do doutor Bogóloff.*

ra-lhe um dos dois quartos de sua casa. Nesse tempo o russo andava doente e tinha abandonado o núcleo colonial onde se estabelecera.

Com as melhores disposições para o trabalho honesto, emigrou, foi para uma côlonia, derrubou o mato do lote que lhe deram, construiu uma palhoça; e, aos poucos, uma casa de madeira ao jeito das "isbás" russas.

A colônia era ocupada por famílias russas e polacas e, enquanto os seus trabalhos de instalação não se acabaram, Bogóloff não travou relações valiosas.

Ao fim de dois meses o doutor de Cazã tinha as mãos em mísero estado, se bem que o corpo tivesse ganho mais saúde e mais força. Aos administradores da colônia via pouco e evitava vê-los, porque eram arrogantes, mas travou relações com o intérprete, que muito o orientou na vida brasileira. Havia neste certos tiques, certos gestos, que pareceu a Bogóloff ter o funcionário sofrido trabalhos forçados. Era russo e pouco disse dos seus antecedentes. Um dia disse ao compatriota:

— És tolo, Bogóloff; devias ter-te feito tratar por doutor.

— De que serve isso?

— Aqui, muito! No Brasil, é um título que dá todos os direitos, toda a consideração... Se te fizesses chamar de doutor, terias um lote melhor, melhores ferramentas e sementes. Louro, doutor e estrangeiro, ias longe! Os filósofos do país se encarregavam disso.

— Ora bolas! Para que distinções, se me quero anular? Se quero ser um simples cultivador?

— Cultivador! Isto é bom em outras terras que se prestam a culturas remuneradoras. As daqui são horrorosas e só dão bem aipim ou mandioca e batata-doce. Dentro em breve estarás desanimado. Vais ver!

Desprezando as amargas profecias do intérprete da colônia, pôs-se o imigrante a trabalhar a terra com decisão. Plantou milho e fez uma horta em que semeou couves, nabos, repolhos.

De fato, veio o milho rapidamente, mas as espigas, quando foram colhidas, estavam meio roídas pelas lagartas; a horta deu mais resultado; a rosca e o "piolho", porém, estragaram grande parte dos canteiros.

   Tentou outras culturas, a do trigo, a da batata inglesa, mas não deram coisa que prestasse. Assim foi; e quer dizer que Bogóloff no "Eldorado" continuava a viver da mesma forma atroz que no inferno da Rússia. Deitou-se com afinco à cultura de batata-doce, do aipim, da abóbora e mais não fez senão pedir à terra esses produtos quase espontâneos e respeitados pelos insetos daninhos.

   A colheita foi tal que, pela primeira vez, teve lucro e satisfação. Começou a criar porcos que engordou com as batatas-doces e os aipins; e, embora não encontrasse mercados fáceis para os suínos, ganhou algum dinheiro e viveu assim alguns anos, adquirindo aos poucos os hábitos de cultivador do país. Não comia mais pão, mas broa de farinha-de-milho ou aipim cozido; o açúcar com que temperava o café era o melaço de cana que obtinha numa engenhoca tosca de sua própria construção. Desanimara das culturas mais importantes e a base de sua vida era a batata-doce, o aipim, a cana e o porco.

   A terra, a sua estrutura e composição, o seu determinismo, enfim, tinha levado o doutor russo a esse resultado e só obedecendo a ele é que pudera tirar dela alguma renda.

   Quem sabe se a vida no Brasil só será possível facilmente baseando-se no aipim e na batata-doce? Quem sabe se por ter querido fugir a essa fatalidade da terra, é que o país tem vivido uma vida precária de expedientes?

   Durante muito tempo, a fortuna do Brasil veio do pau de tinturaria que lhe deu o nome, depois do açúcar, depois do ouro e dos diamantes; alguns desses produtos, por isso ou por aquilo, aos poucos, foram perdendo o valor ou, quando não, deixaram de ser encontrados em abundância remuneradora.

   Mais tarde vieram o café e a borracha, produtos ambos que, por concorrência, quanto ao primeiro, e também, quanto ao segundo, pelo adiantamento nas indústrias químicas, estão à mercê de desvalorização repentina. Viu bem isso tudo.

A vida econômica do Brasil nunca se baseara em um produto indispensável à vida ou às indústrias, no trigo, no boi, na lã ou carvão. Vivia de expedientes...

Bogóloff fatigou-se de sua vida de colono, que nunca chegaria à fortuna, daquele viver medíocre e monótono, fora dos seus hábitos adquiridos. Viu a cidade, quis fugir ao sol inexorável, à gleba em que estava. Liquidou os haveres e correu ao Rio de Janeiro. Foi professor aqui e ali, ganhando ninharias. Não encontrou apoio nem o procurou. Passava dias nos cafés, conheceu toda a espécie de gente, caiu na miséria e foi socorrido por Lucrécio, quando doente e sem vintém, em cuja casa estava há dois meses.

O almoço era parco e Barba-de-Bode tornara-se jovial. O russo não se deixara contaminar pela alegria do hóspede e viu-lhe entrar o filho com um compassivo olhar agradecido.

— Doutor, tudo isso vai mudar. O "homem" vem...

— Quem?

— O Bentes.

Bogóloff não tinha nem fé nem estima pela política e muito menos o costume de depositar nela os interesses de sua vida. Calou-se, mas Barba-de-Bode asseverou:

— Pode ficar certo que lhe arranjarei um emprego.

O russo olhou com um ingênuo espanto o rosto jovial do antigo carpinteiro.

Vida e morte de M.J. Gonzaga de Sá

Capítulo V

O *passeador*

O que me maravilhava em Gonzaga de Sá[6] era o abuso que fazia da faculdade de locomoção. Encontrava-o em toda parte, e nas horas mais adiantadas. Uma vez, ia eu de trem, vi-o pelas tristes ruas que marginam o início da Central; outra vez, era um domingo, encontrei-o na Praia das Flechas, em Niterói. Nas ruas da cidade, já não me causava surpresa vê-lo. Era em todas, pela manhã e pela tarde. Segui-o uma vez. Gonzaga de Sá andava metros, parava em frente a um sobrado, olhava, olhava e continuava. Subia morros, descia ladeiras, devagar sempre, e fumando voluptuosamente, com as mãos atrás das costas, agarrando a bengala. Imaginava ao vê-lo, nesses trejeitos, que, pelo correr do dia lembrava-se do pé para a mão: como estará aquela casa, assim, assim, que eu conheci em 1876? E tocava pelas ruas em fora para de novo contemplar um velho telhado, uma sacada e rever nelas fisionomias que já mais não

---

[6] O nome completo do personagem é Manuel Joaquim Gonzaga de Sá, daí a abreviatura que origina o insólito cacófato do título — M.J. — "emijota" — construído intencionalmente, segundo parece, para aborrecer os puristas... A propósito de cacófatos, ver a nota da página 30.

são objeto... Não me enganei. Gonzaga de Sá vivia da saudade da sua infância gárrula e da sua mocidade angustiada. Ia em procura de sobrados, das sacadas, dos telhados, para que à vista deles não se lhe morressem de todo na inteligência as várias impressões, noções e conceitos que essas coisas mortas sugeriram durante aquelas épocas de sua vida. Entendi que havia nele uma parada de sentimento e que o volumoso caudal, de encontro ao dique incógnito, crescera com os meses, com os anos, subira muito, e se extravasara pelas coisas, pelo total de vivo e de morto que lhe assistia viver. Um dia faltou à repartição (contou-me isso mais tarde) para contemplar, ao sol do meio-dia, um casebre do Castelo, visto cinqüenta e tantos anos atrás, em hora igual, por ocasião de uma "gazeta" da aula primária. Pobre Gonzaga! A casa tinha ido abaixo. Que dor! Assim, vivendo todo o dia nos mínimos detalhes da cidade, o meu benévolo amigo conseguira amá-la por inteiro, exceto os subúrbios, que ele não admitia como cidade nem como roça, a que amava também com aquele amor de coisa d'arte com que os habitantes dos grandes centros prezam as coisas do campo. Desse modo era um gosto ouvi-lo sobre as coisas velhas da cidade, principalmente os episódios tristes e pequeninos. Com uma memória muito plástica, de uma exatidão relativa mas criadora, ele não tinha securas de foral, de cartas de arrendamento ou sesmaria, nem tinha inclinação por tais documentos; e animava a narração pontilhando-a de graça, de considerações eruditas, de aproximações imprevistas. Era um historiador artista e, ao modo daqueles primevos poetas da Idade Média, fazia história oral, como eles faziam as epopéias. Das coisas, dois ou três aspectos feriam-no intensamente e sobre eles edificava uma outra mais bela e mais viva. Certa vez, não sei a que propósito, lembrei-me de observar ao meu amigo o seguinte:

— Este Rio é muito estrambótico. Estende-se pra aqui, pra ali; as partes não se unem bem, vivem tão segregadas que, por mais que aumente a população, nunca apresentará o aspecto de uma grande capital, movimentada densamente.

Ele me ouviu calado e depois me disse com aquela pausa de que dispunha certas vezes:

— Pense que toda a cidade deve ter sua fisionomia própria. Isso de todas se parecerem é gosto dos Estados Unidos; e Deus me livre que tal peste venha a pegar-nos. O Rio, meu caro Machado, é lógico com ele mesmo, como a sua baía o é com ela mesma, por ser um vale submerso. A baía é bela por isso; e o Rio o é também porque está de acordo com o local em que se assentou. Reflitamos um pouco.

"Se considerarmos a topografia do Rio, havemos de ver que as condições do meio físico justificam o que digo. As montanhas e as colinas afastam e separam as partes componentes da cidade. É verdade que mesmo com os nossos atuais meios rápidos de locomoção pública ainda é difícil e demorado ir-se do Méier a Copacabana: gastam-se quase duas horas. Mesmo do Rio Comprido às Laranjeiras, lugares tão próximos na planta, o dispêndio não será muito menor. São Cristóvão é quase nos antípodas de Botafogo; e a Saúde, a Gamboa, a Prainha graças àquele delgado cordão de colinas graníticas — Providência, Pinto, Nheco — ficam muito distantes do Campo de Sant'Ana, que está na vertente oposta; mas, com o aperfeiçoamento da viação, abertura de túneis etc., todos os inconvenientes ficarão sanados.

"Esse enxamear de colinas, esse salpicar de morros e o espinhaço da serra da Tijuca, com os seus contrafortes cheios de vários nomes, dão à cidade a fisionomia de muitas cidades que se ligam por estreitas passagens. A *city*, núcleo do nosso glorioso Rio de Janeiro, comunica-se com Botafogo, Catete, Real Grandeza, Gávea e Jardim Botânico tão-somente pela estreita vereda que se aperta entre o mar e Santa Teresa. Se quiséssemos fazer o levantamento da cidade com mais detalhes, seria fácil mostrar que há meia dúzia de linhas de comunicação entre os arrabaldes e o centro efetivo da cidade.

"É que o Rio de Janeiro não foi edificado segundo o estabelecido na teoria das perpendiculares e oblíquas. Ela sofreu, como todas as cidades espontâneas, o influxo do local em que se edificou e das vicissitudes sociais por que passou, como julgo ter dito já.

"Se não é regular com a estreita geometria de um agrimensor, é, entretanto, com as colinas que a distinguem e fazem-na ela mesma.

"Ao nascer, no topo do Castelo, não foi mais do que um escolho branco surgindo num revolto mar de bosques e brejos. Aumentando, desceu pela venerável colina abaixo; coleou-se pelas várzeas em ruas estreitas. A necessidade da defesa externa, de alguma forma, obrigou-as a ser assim e a polícia recíproca dos habitantes contra malfeitores prováveis fê-las continuar do mesmo modo, quando, de piratas, pouco se tinha a temer.

"O quilombola e o corsário projetaram um pouco a cidade; e, surpreendida com a descoberta das lavras de Minas, de que foi escoadouro, a velha São Sebastião aterrou apressada alguns brejos, para aumentar e espraiar-se, e todo o material foi-lhe útil para tal fim.

"A população, preguiçosa de subir, construiu sobre um solo de cisco; e creio que Dom João veio descobrir praias e arredores cheios de encanto, cuja existência ela ignorava ingenuamente. Uma coisa compensou a outra logo que a Corte quis firmar-se e tomar ares solenes...

"Quem observa uma planta do Rio tem de sua antiga topografia modestas notícias, define perfeitamente as preguiçosas sinuosidades de suas ruas e as imprevistas dilatações que elas oferecem.

"Ali, uma ponta de montanhas empurrou-as; aqui, um alagadiço dividiu-as em duas azinhagas simétricas, deixando-o intacto à espera de um lento aterro.

"Vamos às casas e aos bairros. Um observador perspicaz não precisa ler, ao alto, entre os ornatos de estuque, para saber quando uma delas foi edificada. Esse casarão que contemplamos a custo na Rua da Alfândega ou General Câmara é dos primeiros anos da nossa vida independente.

"Vede-lhe a segurança ostensiva, como que quer parecer mais seguro que uma catedral gótica; a força demasiada das paredes, a espessura das portas... Quem a fez saía das lutas da Independência, do Primeiro Reinado e vinha seguro de possuir uma terra sua para viver a vida eterna da descendência.

"O tráfico de escravos imprimiu ao Valongo e aos morros da Saúde alguma coisa de aringa africana; e a melancolia dos cais dos Mineiros é saudade das ricas faluas, pejadas de mercadorias, que não lhe chegam mais de Inhomirim e da Estrela.

"*C'est le triste retour...*"

Capítulo VIII

O *jantar*

Dona Escolástica obrigara-me a passar diante dela e Gonzaga de Sá seguira-nos com o jornal na mão. Penetramos na sala contígua, onde parei um bocado, a ver os retratos de família. O mestre não rompera com a tradição, que os quer na sala de visitas. Aí os tinha e não no seu gabinete de trabalho. Havia uma galeria de mais de seis veneráveis retratos de homens de outros tempos, agaloados, uns, e cheios de veneras, todos; e de algumas senhoras. Sem bigodes, de barba em colar, com um olhar imperioso e sobrecenho carregado, um deles me pareceu que ia erguer o braço de sob a moldura dourada para sublinhar uma ordem que me dizia respeito. Cri que ia ordenar: "Metam-lhe o bacalhau." Virei o rosto e fui pousar os olhos na figura impalpável de uma moça com um alto penteado cheio de grandes pentes, muito branca, num traje rico de baile alto de outros tempos.

— Quem é? — perguntei

— Minha avó, em moça, mãe de meu pai. Viveu em França, assistiu à Revolução.

Demorei-me olhando o retrato e os meus sentimentos já eram outros. A fisionomia benévola da moça, terna, irresistivelmente meiga, fizera-me esquecer a carranca do velho de barba em colar.

— Gostaste? Tem alguma coisa da Escolástica, não achas?

— Parecem-se.

— Quando moça, era exatamente, dizia meu pai, exceto os olhos que, em Escolástica, puxam para o verde e, nela, eram profundamente azuis, de Minerva. Não parece nada com os outros meus avós, cujas fisionomias dão a entender que tinham da vida uma visão de carrasco.

— Você tem cada propósito, Manuel. Parece doido... Ele foi sempre assim. Nunca se o pôde entender — disse para mim a velha tia.

— Não há desrespeito nenhum... Cada um na sua época — refleiu Gonzaga. — Por mais que não queira, homem do meio, o meu retrato para os pósteros deve ter alguma coisa de parecido com o do homem do prego. O onzenário, sob este ou aquele disfarce, é o homem representativo da época...

E seguimos para a sala de jantar, não sem que eu deitasse um longo olhar sobre aqueles velhos móveis de jacarandá, tão amplos e fortes que se diria feitos para outra raça de homens que não a nossa, aquela que vemos por aí nas ruas, nos teatros, nas regatas, nas corridas, mesquinha e sórdida.

Dona Escolástica sentou-se à esquerda; Gonzaga de Sá à cabeceira, e eu à sua direita. Pela janela das duas extremidades da sala, fiquei vendo o exterior. Descem pelo flanco bruscamente claro da pedreira pequeninos negrumes de gente; à esquerda, na chapada do morro, uma palmeira adelgaçava-se pelos ares.

— Gostaste da casa?

— Gostei.

— Foi de meu pai... Que sacrifícios para ficar com ela! Não queiras nada com a justiça, pois quase sempre é a única herdeira. Felizmente conservei-a.

— Foi a única vez que te vi ativo — refletiu Dona Escolástica.

— Pudera! Eu amava o ambiente, as vistas, o teto, as paredes...

— Quase não mudou nada — observou a tia.

— Alguma coisa. Aquela palmeira, por exemplo — explicou Gonzaga de Sá, apontando a janela — é nova.

— Nova! Tem mais de vinte anos — fez Dona Escolástica.

— Nova, sim! Se não nos viu nascer...

Olhei ainda uma vez a altiva elegância da árvore, lá, muito no alto, pairando sobre toda a cidade, e a beijar as nuvens radiantes. Há mais de vinte anos sofria a violência inconstante dos ventos; há mais de vinte anos escapava à raiva traiçoeira do raio; há mais de vinte anos suportava o rugido inofensivo do trovão... Todas essas negações, e as outras vindas da terra dura, granítica e pobre, fizeram-na maior, mais airosa, deram-lhe mais orgulho e atiraram-na aos ares altos. Hoje, plana sobre tudo, sobre a cidade, sobre a ingratidão do granito e olhará compassiva e desdenhosa as pobres e cuidadas árvores que enfeitam as ruas. O jantar começou a ser servido por um copeiro dos seus dezoito anos.

Capítulo X

Divagações

Dentro em pouco, tomamos o bonde e viajamos silenciosamente. O veículo encheu-se do curioso público de domingo. Gonzaga de Sá mantinha-se calado, de quando em quando olhava um pouco a rua, depois descansava as mãos na bengala, baixava a cabeça e se punha a ver o chão da rua, por entre as grades do assoalho do veículo. Quando saltamos, quis-me despedir dele. Não deixou.

[...]

Por um instante permaneceu calado, contemplando a multidão na alameda em frente.

Segui os seus movimentos. Tinha deixado de traçar a figura na areia e descansara negligentemente a bengala sobre a perna. Esforçava-se por abranger o maior círculo possível de horizonte e, sem se fatigar, ia e vinha com os olhos, de um extremo dele a outro. Parecia um navegante perdido que procurava tênues indícios de costa.

— Eu julgo — disse ele, depois de estar algum tempo naquela postura — que os desgraçados se deviam matar em massa a um só tempo. Schopenhauer, que propôs o suicídio da humanidade, foi longe; devem ser só os desgraçados, os felizes que fiquem com a sua felicidade.

— Propõe isso, para ver se eles aceitam.

— Decerto, não. A burrice é firme e os leva a viver, apesar de tudo. Eu não compreendo — acrescentou depois de uma pausa — que um homem — um animal dotado de senso crítico, capaz de colher analogias — levante-se às quatro horas da madrugada, para vir trabalhar no Arsenal de Marinha, enquanto o ministro dorme até às onze, e ainda por cima vem de carro ou automóvel. Eu não compreendo — continuou — que haja quem se resigne a viver desse modo e organizar famílias dentro de uma sociedade, cujos dirigentes não admitem, para esses lares humildes, os mesmos princípios diretos com que mantêm os deles luxuosos, em Botafogo ou na Tijuca. Recordo-me que uma vez, por acaso, entrei numa pretoria e assisti a um casamento de duas pessoas pobres... Creio que até eram de cor... Em face de todas as teorias do Estado, era uma coisa justa e louvável; pois bem, juízes, escrivães, rábulas enchiam de chacotas, de deboches aquele pobre par que se fiara nas declamações governamentais. Não sei por que essa gente vive, ou antes, por que teima em viver! O melhor seria matarem-se, ao menos os princípios químicos dos seus corpos, logo às toneladas, iriam fertilizar as terras pobres. Não seria melhor?

— Na Europa, os camponeses sofrem...

— Oh! Lá é outra coisa. Há uma literatura, um pensamento, que vincula grandes idéias, que espalham o são espírito pela individualidade humana — fonte de simpatia pelos fracos, preocupada e angustiada com os destinos humanos. Aqui, o que há?

— Alguma coisa.

— Nada. A nossa emotividade literária só se interessa pelos populares do sertão, unicamente porque são pitorescos e talvez não se possa verificar a verdade de suas criações. No mais, é uma continuação do exame de português, uma retórica mais difícil a se desenvolver por este tema sempre o mesmo: Dona Dulce, moça de Botafogo em Petrópolis, que se casa com o Dr. Frederico. O comendador seu pai não quer, porque o tal Dr. Frederico, apesar de doutor, não tem emprego. Dulce vai à superiora do Colégio das Irmãs. Esta escreve à mulher do Ministro, antiga aluna do colégio, que arranja um emprego para o rapaz. Está acabada a história. É preciso não esquecer que Frederico é moço pobre, isto é, o pai tem dinheiro, fazenda ou engenho, mas não pode dar uma mesada grande. Está aí o grande drama de amor em nossas letras, e o tema de seu ciclo literário. Quando tu verás, na tua terra, um Dostoievski, uma George Eliot, um Tolstoi — gigantes destes, em que a força de visão, o ilimitado da criação, não cedem o passo à simpatia pelos humildes, pelos humilhados, pela dor daquelas gentes donde às vezes não vieram — quando!

— A nossa gente não sofre, é insensível.

— Diz a sério? — e logo acrescentou: — Sofre. Sim. Sofre a sua própria humanidade.

O meu amigo falava calmo, mas com um travo de azedume na voz.

— Se eu pudesse — aduziu —, se me fosse dado ter o dom completo de escritor, eu havia de ser assim um Rousseau, ao meu jeito, pregando à massa um ideal de vigor, de violência, de força, de coragem calculada, que lhe corrigisse a bondade e a doçura deprimente. Havia de saturá-la de um individualismo feroz, de um ideal de ser como aquelas trepadeiras de Java, amorosas de sol, que coleiam pelas grossas árvores da floresta e vão por ela acima mais alto que os mais altos ramos para dar afinal a sua glória em espetáculo. Sabes de quem é?

— Não.

— É daquele que "aumenta a força vital".

No curso do diálogo pusera-se de pé. O seu olhar tinha perdido a macieza e brilhava extraordinariamente nas órbitas de uma curvatura regular e suave. Falava com firmeza, com calor, sacudindo as palavras, uma a uma; as últimas, porém, foram ditas com paixão redobrada. Antes de sentar-se, olhei-o um instante. Sorria com um sorriso parado e cheio d'alma; parecia ouvir alguém invisível... O Anjo Gabriel, talvez. Era como um Maomé que se preparava para levar seu pobre povo, em cem anos, dos Pireneus às ilhas de Sonda! O sorriso se desfez em seus lábios, à proporção que se sentava. Sentado, disse a esmo:

— Não; a maior força do mundo é a doçura. Deixemo-nos de barulhos...

Capítulo XI

Era feriado nacional

Era festa nacional. Os poderes públicos tinham resolvido festejá-la com o ruído de uma parada, a que se seguia uma recepção em palácio e um espetáculo de gala, à noite, no barracão da Guarda Velha. Desci para me delir na multidão, para me embriagar no espetáculo dos fardões e dos amarelos, para me fragmentar com o estrondo das salvas, fugindo a mim mesmo, aos meus pensamentos e às minhas angústias. Saltei no Campo de Sant'Ana, esgueirei-me por entre o povo, entrei no jardim, deixando-me a ver os batalhões, ingenuamente, humildemente como se fora um garoto. As tropas formavam, esperando a visita do general, para desfilarem, então, pelo Catete, em continência ao presidente. Vi regimentos, vi batalhões, luzidos estados-maiores, pesadas carretas, bandeiras do Brasil, sem emoção, sem entusiasmo, placidamente a olhar tudo aquilo, como se fosse uma vista de cinematógrafo. Não me provocava nem patriotismo nem revolta. Era um espetáculo, mais nada; brilhante, por certo, mas pouco empolgante e ininteligente. Junto a mim, dois populares discutiam, ao passar das forças formidáveis da Pátria, os seus recursos de mar e terra. Tinham um almanaque na cabeça, sabiam o nome dos oficiais, a marca dos canhões, a tonelagem dos couraçados. Discutiam com evidente orgulho, satisfeitos, manifestando, aqui e ali, desgosto que fosse tão reduzido o número de regimentos de cavalaria e tão poucos os couraçados de alto mar. Eu olhei. Olhei as suas botas, olhei os seus chapéus; em seguida, passei a olhar nos generais pimpões que galopavam ao lado dos dourados almirantes... Oh! A sociedade repousa sobre a resignação dos humildes! Grande verdade, pensei de mim para mim recordando Lamennais.

 Voltei a olhá-los. Continuavam a discutir acaloradamente; faziam comparações com a força de outros países vizinhos, e passava-lhes pelas faces uma irradiação de orgulho, quando o cotejo nos era favorável. Por que aqueles homens maltratados pela vida, pela engrenagem social, cheios de necessidades, excomungados, falariam tão santamente entusiasmados pelas coisas de uma sociedade em que sofriam? Por que a queriam de pé, vitoriosa — eles que nada recebiam dela, eles que seriam espezinhados pela mais alta ou pela mais baixa das autoridades, se alguma vez caíssem na asneira de ter negócios a liquidar com alguma delas? Não seria fundamental, estrutural, em todos nós, neles como em mim, esse espontâneo separar das nossas dores, a provável culpa do corpo social em que vivemos? Poderíamos viver sem ele, sem as leis e sem as regras que nos esmagam? Secretos ditames de nossa natureza não nos impunham essa subordinação resignada? Quem sabe lá? E, conforme tão bem dizia Gonzaga de Sá, que tinha eu, homem de imaginação e leitura, que tinha eu de levar desassossego às suas almas, às daquela pobre gente, de lhes comunicar o meu desequilíbrio nervoso? Olhei-os ainda uma vez. Um deles desconfiou e sorriu ao outro. Desviei o olhar, alvejando-o por sobre uma rua em frente, vista por mim em toda a extensão, graças a uma aberta na formatura. Olhando-a, pus-me a recordar que, ainda há dias, naquele longo sulco que se lhe abria pelo eixo em fora, homens sujos cavavam; e que, fizesse o sol mais ardente ou o aguaceiro mais temível, eles cavariam...

E eu ascendi a todas as injustiças da nossa vida; eu colhi num momento todos os males com que nos cobriam os conceitos e preconceitos, as organizações e as disciplinas. Quis ali, em segundos, organizar a minha República, erguer a minha Utopia, e, por instantes, vi resplandecer sobre a terra dias de Bem, de Satisfação e Contentamento. Vi todas as faces humanas sem angústias, felizes, num baile! Tão depressa me veio tal sonho, tão depressa ele se desfez. Não sei que diabólica lógica me dominava; não sei que inveterados hábitos de reflexão vieram derrubar meus sonhos: eu abanei a cabeça desalentado. Tudo isto era sem remédio. Morto um preconceito ou uma superstição, nasciam outros. Tudo na terra concorre para criá-los: a Arte, a Ciência e a Religião são as suas fontes, são as matrizes de onde saem, e só a morte dessas ilusões, só o esquecimento dos seus cânones, dos seus delírios e dos seus preceitos trariam à humanidade o reino feliz da perfeita ausência de todas as noções entibiadoras. Seria assim? Não ficariam algumas? Não era mesmo da essência da natureza humana ter cada grupo o seu *stock* para opor às do vizinho? Não tinham os tupis as suas contra os tapuias; não tinham os portugueses contra esses dois; e os ingleses contra todos eles? Que me importava hoje ter de sofrer com as noções de alguns universitários europeus e a burrice dos meus concidadãos, se amanhã, asselvajado, de azagaia e bodoque, iria sofrer da mesma maneira com as da tribo minha vizinha ou mesmo com as da minha? Levei em tais pensamentos emaranhado minuto a fio. Para mim, afinal, ficou-me a certeza de que sábio era não agir. Que me propusesse apagar as atuais fontes de sofrimentos, seria preparar o nascimento de outras, fosse o meu movimento no sentido de continuar a marcha que a humanidade vem fazendo até hoje, fosse no sentido de a fazer retroceder para os dias que já se foram. Tive um louco desejo de acabar com tudo; queria aquelas casas abaixo, aqueles jardins e aqueles veículos; queria a terra sem o homem, sem a humanidade, já que eu não era feliz e sentia que ninguém o era... Nada! Nada!

O clarim retiniu. Soou um ao longe, depois os outros, um a um, como se os sons de um fizessem o outro vibrar. As tropas dispunham-se a desfilar. Desfilaram. Passaram aos meus olhos lisas faces negras reluzentes, louros cabelos que saíam dos capacetes de cortiça; homens de cor de cobre, olhar duro e forte, raças, variedades e cruzamentos humanos se moviam a uma única ordem, a uma única voz. Tinham, os seus pais, vindo de paragens longínquas e das mais desencontradas regiões do globo. Que motivos ocultos, sob a grosseria dos fatos históricos, explicavam essa estranha impulsão e aquela mesma obediência a um mesmo ideal e a uma mesma ordem? Que bobagem, pensei por aí, estar eu a meditar sobre coisas tão imbecis, quando estavam próximos os armazéns de modas, o Pavilhão Mourisco, ou os Pequenos Ecos, tão pejados de coisas importantes e inteligentes, onde poderia com ganho e lucro empregar a minha atenção e o meu estudo. Que besta sou!...

As tropas continuavam a marchar em direção do Catete. Vi-as passar simplesmente, como as tinha visto formar. Depois que passaram, vim descendo ruas ao sabor da multidão; nela, flutuei com prazer, gozando a volúpia da minha anulação...
[...]

Xisto Beldroegas

Beldroegas era o depositário das tradições contenciosas da Secretaria dos Cultos. Apaixonado pela legislação cultural do Brasil, vivia obsedado com os avisos, portarias, leis, decretos e acórdãos. Certa vez, foi atacado de uma pequena crise de nervos, porque, por mais papéis que consultasse no Arquivo, não havia meio de encontrar uma disposição que fixasse o número de setas que atravessam a imagem de São Sebastião. Gonzaga de Sá contava coisas bem engraçadas do seu colega bacharel. Notava muito a sua necessidade espiritual da fixação, da resolução em papel oficial de tudo e todas as coisas. Beldroegas não podia compreender que o número de dias em que chove no ano não pudesse ser fixado; e se ainda não o estava, em Aviso ou Portaria, era porque o Congresso e os ministros não prestavam. Se fosse ele... Ah!... O movimento dos astros, o crescimento das plantas, as combinações químicas, toda a natureza, no seu entender, era governada por avisos, portarias e decretos, emanados de certos congressos, ministros e outras espécies de governantes que tinham existido há muito tempo. Não acreditava que outras vontades ou forças mais poderosas do que as dos membros ostensivos do poder político governassem. Eram eles, só eles, o voto... Tolice!...

Apesar de enfronhado na legislação, não tinha uma idéia das suas origens e dos seus fins, não a ligava à vida total da sociedade. Era uma coisa à parte; e a comunhão humana, um imenso rebanho, cujos pastores se davam ao luxo de marcar, por escrito, o modo de aguilhoar as suas ovelhas. Para o doutor Xisto Beldroegas, a lei era ofensiva, inimiga da parte. Ninguém tinha direito em presença dela; e todo pedido devia ser indeferido, não logo, mas depois de mil vezes informado por vinte e tantas repartições, para que a máquina governamental mais completamente esmagasse o atrevido. Demais, tinha uma noção curiosa da lei. Uma vez eu lhe falei na lei da hereditariedade.

— Lei! — exclamou. — Isso lá é lei!

— Como?

— Não é. Não passa de uma sentença de algum doutor por aí... Qual o parlamento que a aprovou?

Lei, no entender do colega de Gonzaga de Sá, eram duas ou três linhas impressas, numeradas ao lado, podendo ter parágrafos e devendo ser apresentadas por deputado ou senador, às suas respectivas câmaras, aprovadas por elas e sancionadas pelo presidente da República. O que assim fosse era lei, o mais... bobagens!

Clara dos Anjos[7]

Capítulo III

Marramaque

Marramaque, apesar de sua instrução defeituosa, senão rudimentar, tinha vivido em rodas de pessoas de instrução desenvolvida e educação, e convivido em todas as camadas. Era de uma cidadezinha do Estado do Rio, nas proximidades da Corte, como se dizia então. Feitos os seus estudos primários, os pais empregaram-no num armazém da cidade. Estávamos em plena escravatura, se bem que nos fins, mas a antiga Província do Rio de Janeiro era próspera e rica, com as suas rumorosas fazendas de café, que a escravaria negra povoava e penava sob os açoites e no suplício do tronco.

O armazém em que Marramaque era empregado havia de tudo: ferragens, roupas feitas, isto é, camisas, calças, ceroulas grosseiras, para trabalhadores; armas, louças etc. etc. Comprava direta-

---

[7] É importante observar que, de toda a obra de Lima Barreto, o texto de *Clara dos Anjos* é o menos fidedigno. É que, havendo-se extraviado o original, entregue à *Revista Sousa Cruz*, e não tendo o texto nesta publicação merecido uma revisão, sequer primária, admitimos que se esteja distante, não pouco, do original vazado pelo escritor, conforme a indicação da "Nota Prévia" do volume V das *Obras*, na edição Brasiliense.

mente nos atacadistas da Corte; além disso, o seu proprietário era intermediário entre os pequenos lavradores e as grandes casas da Capital do Império, isto é, comprava as mercadorias àqueles, por conta destas, com o que ganhava comissão.

Marramaque era contemplativo e melancólico, e vivia, debruçado ao balcão do armazém, ouvindo os tropeiros e peões contar histórias de todo o gênero: façanhas de valentia, maus encontros pelos caminhos desertos, proezas de desafio à viola e de amor roceiro.

No gênio, não saía ao pai, que era um minhoto ativo, trabalhador, reservado e econômico. Em poucos anos de Brasil, conseguiu ajuntar dinheiro, comprar um sítio em que cultivava os chamados "gêneros de pequena lavoura", aipim, batata-doce, abóboras, tomates, quiabos, laranja, caju e melancia, dando-lhe esta última cultura, pelos fins do ano e começos do seguinte, lucros razoáveis. Com o correr do tempo, comprara um bote; e, duas vezes por semana, acompanhado de um companheiro a quem pagava, trazia ele mesmo os produtos de sua lavoura, navegando por um pequeno rio, mais ou menos canalizado, atravessando a Guanabara até o Mercado. Vinha com o "terral" e voltava com a "viração".

O filho não seria capaz dessas proezas; mas, como sua mãe, que, embora quase branca, tinha ainda evidentes traços de índio, seria capaz de cantar o dia inteiro modinhas lânguidas e melancólicas.

Havia, quando rapazola, muitas névoas na sua alma, um diluído desejo de vazar suas mágoas e os sonhos no papel, em verso ou fosse como fosse; e um forte sentimento de justiça. O espectro da escravidão, com todo o seu cortejo de infâmias, causava-lhe secretas revoltas.

Certo dia, um viajante, que pousara no armazém, deixara, por esquecimento, na mesa do quarto em que fora hospedado, um volume das *Primaveras* de Casimiro de Abreu.

Ele nunca havia lido versos seguidamente. Nos jornais que lhe caíam à mão, mesmo nos retalhos deles e em páginas soltas de revistas que vinham parar ao armazém para embrulho, é que lera alguns. Dessa forma, encontrando, no seu natural melancólico, cheio de uma doce tristeza e de um obscuro sentimento da mesquinhez do seu destino, terreno propício, o livro de Casimiro de Abreu caiu-lhe n'alma como uma revelação de novas terras e novos céus. Chorou e sonhou com os doridos queixumes do sabiá de São João da Barra e não deixou de notar que, entre ele e o poeta das *Primaveras,* havia a semelhança de começarem ambos sendo caixeiros de uma casa de negócio da roça. Cristalizada a emoção profunda que lhe causara a leitura dos versos do gaturamo fluminense, Marramaque resolveu agir, isto é, instruir-se, educar-se e... fazer versos também. Para isso, precisava sair dali, ir para a Corte.

De quando em quando, pousavam no armazém, onde dormia também, caixeiros-viajantes de grandes casas da Corte que tinham negócios com o senhor Vicente Aires, patrão de Marramaque. O seu natural bom, prestativo, a sua irradiação simpática, provinda dos seus sonhos vagos e amontoados faziam-no estimado deles todos. Havia um, entretanto, que ele estimava mais. Era um rapaz português, o senhor Mendonça, Henrique de Mendonça Souto. Em tudo, ele era o contrário do pobre Marramaque. Era alegre, folgazão, palrador, bebia o seu bocado; mas sempre honesto, leal e franco.

Certa noite, estando ele hospedado nos fundos do armazém do senhor Vicente Aires, de volta de uma partida de "manilha", na casa do sacristão da Matriz, o alegre "cometa" veio a encontrar o caixeiro Marramaque lendo o volume de Casimiro de Abreu. Era alta noite, passava da meia; e, como o caixeiro tinha que se erguer às cinco da manhã, para abrir o armazém e atender a tropeiros e viajantes em preparativos de partida, tal fato causou pasmo a "Seu" Mendonça:

— Ainda lês, menino! E não te lembras que, daqui a pouco, deves estar de pé, filho de Deus!

— Esperava o senhor!

— E mais esta! Então tu pensas que eu mesmo não sabia despir-me e meter-me à cama? Que lês?

— *Primaveras,* de Casimiro de Abreu.

O caixeiro-viajante acabou de vestir-se e deitou-se. Depois de cobrir-se, perguntou a Marramaque:

— Tu gostas de versos, rapaz?

Hesitou em responder, mas Mendonça fez rispidamente:

— Dize lá, rapaz; porque nisto não vai crime algum. Está a ver-se, rapaz! Dize!

— Gosto, sim senhor — fez o caixeiro timidamente.

— Pois deves ir para o Rio — acudiu Mendonça com pressa — estudar e... quem sabe lá?

— Se eu arranjasse um emprego na Corte...

Mendonça pensou um pouco e disse:

— Na casa, não te serve. Há muito serviço e tu não te acostumas... És aprendiz de poeta, tens inclinação para essas coisas de versos e te aborrecias. O que te serve era trabalhar numa farmácia. Fala a teu pai que eu te arranjo a coisa. Escrevo-te logo que chegar ao Rio.

Mendonça cumpriu a palavra, e o pai consentiu que ele viesse para o Rio. Marramaque foi trabalhar numa farmácia; e, à noite, ia completando a sua instrução, conforme podia, nas instituições filantrópicas de instrução que existiam no tempo.

Logo, tratou de fazer versos; e, certa vez, foi surpreendido por um dos *habitués* da farmácia, compondo uma poesia. As farmácias, naquele tempo, eram o lugar de encontro de pessoas graves e sisudas da vizinhança, que, à tarde, após o jantar, iam a elas espairecer e conversar. Quem surpreendeu o jovem Marramaque, fazendo versos, foi o senhor José Brito Condeixa, segundo oficial da Secretaria de Estrangeiros, poeta também, mas, de uns tempos para cá, somente festivo e comemorativo. Além de publicar, nos dias de gala, sonetos e outras espécies de poesias alusivas à festa, não se esquecia nunca de comemorar as datas domésticas da família imperial, em versos de um lavor chinês. Esperava o hábito da Rosa; mas só veio a ter no fim do Império, quando retirou da Imprensa Nacional o terceiro volume da *Sinópsis da Legislação Nacional, na Parte que se Refere ao Ministério de Estrangeiros*.

Lendo os versos do adolescente, Brito Condeixa gostou e jurou que havia de proteger o caixeirozinho. Falou ao patrão, e ele foi se empregar numa papelaria-livraria, na Rua da Quitanda. Freqüentada por poetas e literatos que ensaiavam os primeiros passos, nos últimos quinze anos do Império, com eles se relacionou e sempre era escolhido para secretário, gerente, tesoureiro de suas efêmeras publicações. Deixou o emprego da papelaria, sem zanga; e atirou-se às refregas e às decepções da pequena imprensa, com ardor e entusiasmo, sangue republicano e abolicionista, sobretudo abolicionista.

Esse jornalismo contrário e efêmero pouco ou quase nada lhe dava para a sua manutenção. Vivia uma vida de privações e necessidades prementes. Sem deixar os companheiros poetas, escritores, parodistas, artistas, ele se improvisou guarda-livros ambulante, fazendo escritas aqui e ali, com o que ganhava para ter casa, comida, roupa e até, às vezes, socorrer os camaradas. Manteve-se sempre absolutamente solteiro.

Capítulo VII

Vida de pobre

O subúrbio propriamente dito é uma longa faixa de terra que se alonga, desde o Rocha ou São Francisco Xavier, até Sapopemba, tendo para eixo a linha férrea da Central.

Para os lados, não se aprofunda muito, sobretudo quando encontra colinas e montanhas que tenham a sua expansão; mas, assim mesmo, o subúrbio continua invadindo, com as suas azinhagas e trilhos, charnecas e morrotes. Passa-se por um lugar que supomos deserto, e olhamos, por acaso, o fundo de uma grota, donde brotam ainda árvores de capoeira, lá damos com um casebre tosco, que, para ser alcançado, torna-se preciso descer uma ladeirota quase a prumo; andamos mais e levantamos o olhar para um canto do horizonte e lá vemos, em cima de uma elevação, um ou mais barracões, para os quais não topamos logo da primeira vista com a ladeira de acesso.

Há casas, casinhas, casebres, barracões, choças, por toda a parte onde se possa fincar quatro estacas de pau e uni-las por paredes duvidosas. Todo o material para essas construções serve: são latas de fósforos[8] distendidas, telhas velhas, folhas de zinco, e, para as nervuras das paredes de taipa, o bambu, que não é barato.

Há verdadeiros aldeamentos dessas barracas, nas coroas dos morros, que as árvores e bambuais escondem aos olhos dos transeuntes. Nelas, há quase sempre uma bica para todos os habitantes e nenhuma espécie de esgoto. Toda essa população, pobríssima, vive sob a ameaça constante da varíola e, quando ela dá para aquelas bandas, é um verdadeiro flagelo.

Afastando-nos do eixo da zona suburbana, logo o aspecto das ruas muda. Não há mais gradis de ferro, nem casas com tendências: há o barracão, a choça e uma ou outra casa que tal. Tudo isto muito espaçado e separado; entretanto, encontram-se, por vezes, "correres" de pequenas casas, de duas janelas e porta ao centro, formando o que chamamos "avenida".

As ruas distantes da linha da Central vivem cheias de tabuleiros de grama e de capim, que são aproveitados pelas famílias para coradouros. De manhã até à noite, ficam povoadas de toda a espécie de pequenos animais domésticos: galinhas, patos, marrecos, cabritos, carneiros e porcos, sem esquecer os cães, que, com todos aqueles, fraternizam.

---

8   As caixas de fósforos eram entregues ao comércio, ao tempo de Lima Barreto, e até bem pouco tempo, não em pacotes, mas acondicionadas em latas, para proteção contra a umidade.

Quando chega a tardinha, de cada portão se ouve o "toque de reunir": "Mimoso"! É um bode que a dona chama. "Sereia"! É uma leitoa que uma criança faz entrar em casa; e assim por diante.

Carneiros, cabritos, marrecos, galinhas, perus — tudo entra pela porta principal, atravessa a casa toda e vai se recolher ao quintalejo aos fundos.

Se acontece faltar um dos seus "bichos", a dona da casa faz um barulho de todos os diabos, descompõe os filhos e filhas, atribui o furto à vizinha tal. Esta vem a saber, e eis um bate-boca formado, que às vezes desanda em pugilato entre os maridos.

A gente pobre é difícil de se suportar mutuamente; por qualquer ninharia, encontrando ponto de honra, brigando, especialmente as mulheres.

O estado de irritabilidade, provindo das constantes dificuldades por que passam, a incapacidade de encontrar fora do seu habitual campo de visão motivo para explicar o seu mal-estar, fazem-nas descarregar as suas queixas, em forma de desaforos velados, nas vizinhas com que antipatizam por lhes parecer mais felizes. Todas elas se têm na mais alta conta, provindas da mais alta prosápia; mas são pobríssimas e necessitadas. Uma diferença acidental de cor é causa para que possa se julgar superior à vizinha; o fato de o marido desta ganhar mais do que o daquela é outro. Um "belchior" de mesquinharias açula-lhes a vaidade e alimenta-lhes o despeito.

Em geral, essas brigas duram pouco. Lá vem uma moléstia num dos pequenos desta, e logo aquela a socorre com os seus vidros de homeopatia.

[...]

Enterros suburbanos

Os enterros da gente mais pobre [dos subúrbios] são feitos a pé, e é fácil imaginar como chegam, os que carregam o morto, no campo-santo municipal. Quem passa por aqueles caminhos, quase sempre topa com um. Os de "anjos" são carregados por moças e os destas também pelas da sua idade. Não há, para elas, nenhuma *toilette* especial. Levam a mesma que para os bailes e mafuás; e lá vão de rosa, de azul-celeste, de branco, carregando a pobre amiga, debaixo de um sol inclemente, e respirando uma poeira de sufocar; quando chove, ou choveu recentemente, carregam o caixão aos saltos, para evitar atoleiros e poças d'água.

Os de adultos são carregados por adultos. Nestes, porém, há sempre uma modificação do indumento dos que acompanham. Os cavalheiros procuram roupas escuras, senão pretas; mas, às vezes, surge o escândalo de uma calça branca. Vão muito pouco tristes e, em cada venda que passam, "quebram o corpo", isto é, bebem uma boa dose de parati. Ao chegarem ao cemitério, aquelas cabeças não regulam bem, mas o defunto é enterrado.

Houve, porém, uma ocasião que o corpo não chegou a seu destino. Beberam tanto, que o esqueceram no caminho. Cada qual que saía da venda, olhava o caixão e dizia: Eles que estão lá dentro, que o carreguem. Chegaram ao cemitério e deram por falta do defunto. "Mas não era você que o vinha carregando?" — perguntava um. "Era você" — respondia o outro; e, assim, cada um empurrava a culpa para o outro. Estavam cansadíssimos e semi-embriagados. Resolveram alugar uma carroça e ir buscar o camarada falecido, que já tinha duas velas piedosas a arder-lhe à cabeceira. E o pobre homem, que devia receber dos amigos aquela tocante homenagem, dos camaradas levarem-no a pé ao cemitério, só a recebeu a meio, pois, o resto do caminho para a última morada, ele o fez graças aos esforços de dois burros, que estavam habituados a puxar carga bem diferente e muito menos respeitável.

Mais ou menos é assim o subúrbio, na sua pobreza e no abandono em que os poderes públicos o deixam. Pelas primeiras horas da manhã, de todas aquelas bibocas, alforjas, trilhos, morros, travessas, grotas, ruas, sai gente, que se encaminha para a estação mais próxima; alguns, morando mais longe, em Inhaúma, em Caxambi, em Jacarepaguá, perdem amor a alguns níqueis e tomam bondes que chegam cheios às estações. Esse movimento dura até às dez horas da manhã e há toda uma população da cidade, de certo ponto, no número dos que nele tomam parte. São operários, pequenos empregados, militares de todas as patentes, inferiores de milícias prestantes, funcionários públicos e gente que, apesar de honesta, vive de pequenas transações, de dia a dia, em que ganham penosamente alguns mil-réis. O subúrbio é o refúgio dos infelizes. Os que perderam o emprego, as fortunas; os que faliram nos negócios, enfim, todos os que perderam a sua situação normal vão se aninhar lá; e todos os dias, bem cedo, lá descem à procura de amigos fiéis que os amparem, que lhes dêem alguma coisa, para o sustento seu e dos filhos.

O CEMITÉRIO DOS VIVOS

SEGUNDA PARTE

CAPÍTULO II

Tudo mistério e sempre mistério

— O senhor está aqui por causa de algum assassinato?

Criminoso que fosse, ele mesmo, a sua pessoa não me meteu medo, como, em geral, não me assustam os criminosos; mas a candura, a inocência e a naturalidade, em que não senti cinismo, com que ele respondeu — "Pois eu estou" — causaram-me não sei que angústia, não sei que tristeza, não sei que mal-estar.

Aquele menino, quase imberbe, falava-me de seu crime, como se fosse a coisa mais trivial desta vida, um simples incidente, uma pândega ou um contratempo sem importância.

Todas as minhas idéias anteriores a tal respeito estavam completamente abaladas; e me veio a pensar, coisa que sempre fiz, no fundo da nossa natureza, na clássica indagação da sua substância ativa, na alma, na parte que ele tomava nos nossos atos e na sua origem.

Até bem pouco, quase nada me preocupava com tais questões; tinha-as por insolúveis, e tomar tempo com o querer resolvê-las era trabalho perdido. Entretanto, os transtornos e as dores da minha vida doméstica tinham-me levado às vezes a pensar nelas. Procurei estabelecer, para meu uso particular, uma teoria que, forçosamente, me saiu por demais simplista, a fim de explicar a nossa existência e a do mundo, assim como as relações entre os dois. Não tinha chegado ao mistério, ao espesso mistério impenetrável, em nós e fora de nós. Isto que escrevo, agora, aqui, não será propriamente muito meu; mas o germe que havia em mim não fez mais que se desenvolver mais tarde, com o adubo das idéias dos outros.

Repugnava-me personalizar com este ou aquele nome o desconhecido, o informe, o vago. Dar um apelido seria limitar o ilimitado, definir o indefinido, distinguir o indistinto, fazer perecível o imperecível. Sendo tudo, em face do nada, e nada, em face de tudo, esse ser não devia ter corpo, nem forma, nem extensão, nem movimento, nem outra qualidade qualquer com que nós conhecemos as coisas existentes. O nosso ideal, a nossa felicidade seria ser como ele, e, para alcançá-lo, devíamos procurar a nossa desincorporação, pela imobilidade e pela contemplação. O sábio é não agir. Quando li esta conclusão nos meus manuais baratos de filosofia, assustei-me. Aceitava a concepção, mas a conclusão me repugnava. Se verdade era que, em presença desse tumulto da vida, desse entrechocar de ambições, as mais vis e imundas, desse batalhar sem termo e sem causa, o homem beneficiado pela sabedoria tinha o dever superior de afastar-se disso tudo e tudo isso contemplar com piedade; era verdade também que a ação, julguei assim, seria favorável à nossa reincorporação no indistinto, no imperecível, desde que fosse orientada para o Bem. Como conhecer o Bem? O meu espírito não encontrava, para sinal de seu conhecimento, senão na revelação íntima. Os problemas últimos da nossa natureza moral, nas minhas cogitações, ficaram aí, e dei-me por satisfeito; mas — chega-me esse pequeno criminoso e me põe tudo de pernas para o ar! Por que, pensei eu, se cada consciência fala ao indivíduo de uma maneira, sobre o bem e sobre o mal, como na desse rapazola, que não podia ter sofrido outras influências duradouras que não as dele mesmo; se os homens não se encontram a respeito numa opinião única, como distingui-las — Deus do Céu?

O curto encontro com esse rapazola criminoso, ali, naquele pátio, mergulhado entre malucos a delirar — a fazer esgares, uns; outros, semimortos, aniquilados, anulados —, encheu-me de um grande pavor pela vida e de um sentimento profundo de nossa incapacidade para compreender a vida e o universo.

Lembrei-me, então, dos outros tempos em que supus o universo guiado por leis certas e determinadas, em que nenhuma vontade, humana ou não, a elas estranhas, poderia intervir, leis que a ciência humana iria aos poucos desvendando... Não sorri inteiramente; mas achei tal coisa ingênua e que todo o saber humano só seria útil para as suas necessidades elementares de vida e nunca conseguiria explicar a sua origem e o seu destino. Tudo mistério e sempre mistério.

BIBLIOGRAFIA DO AUTOR

Obras completas de Lima Barreto. 2. ed. Org. Francisco de Assis Barbosa (com colaboração de Antônio Houaiss e M. Cavalcanti Proença). São Paulo: Brasiliense, 1961.
A nova Califórnia. Contos. São Paulo: Brasiliense, 1982.
Aventuras do Dr. Bogoloff. Rio de Janeiro: Expressão e Cultura, 2001.
Clara dos Anjos. São Paulo: Ática, 2003.
Contos. São Paulo: Landy, 2000.
Histórias e sonhos. Rio de Janeiro: Expressão e Cultura, 2001.
Lima Barreto. São Paulo: Nova Cultural, 1990.
Lima Barreto. Rio de Janeiro: Nova Fronteira, 2004.
Lima Barreto: contos. Rio de Janeiro: Luz da Cidade, 2001.
Lima Barreto: melhores contos. São Paulo: Global, 2002.
Lima Barreto. Um longo sonho do futuro. Diários, enrevistas e confissões dispersas. Rio de Janeiro, Graphia, 1993
O homem que sabia javanês. São Paulo: Atual, 2003.
O cemitério dos vivos. Rio de Janeiro: Planeta/Biblioteca nacional, 2004
O subterrâneo do Morro do Castelo. Rio de Janeiro: Dantes, 1999.
Os Bruzundangas. Rio de Janeiro: Artium, 1998.
Prosa seleta. Rio de Janeiro: Nova Aguilar/ Fundação Biblioteca Nacional/ Dep. Nacional do Livro, 2001.
Recordações do escrivão Isaías Caminha. São Paulo: Brasiliense, 1983.
Toda Crônica. Org. Beatriz Resende e Rachel Valença. Rio de Janeiro: Editora Agir, 2004.
Triste fim de Policarpo Quaresma. São Paulo: Ateliê Editorial, 2004.
Triste fim de Policarpo Quaresma. Coleção Achivos. Allca xx/ Scipione Cultura, São Paulo/Madri, 1997

BIBLIOGRAFIA SOBRE O AUTOR

Aiex, Anoar. *As idéias sócio-literárias de Lima Barreto*. São Paulo: Vértice, 1990.

Almeida, Álvaro Marins de. *Machado de Assis e Lima Barreto: da ironia à sátira*. Rio de Janeiro: Utópos, 2004.

Alves, Henrique L. *Lima Barreto aos 100 anos*. São Paulo: Secretaria de Estado da Cultura, 1981.

Antônio, João (org.). *Calvário e porres do pingente Afonso Henriques de Lima Barreto*. Rio de Janeiro: Civilização Brasileira, 1977.

Atanásio, Enéas. *A patina do tempo. Lima Barreto e Monteiro Lobato*. Blumenau: Fundação Casa Dr. Blumenau, 1984.

Barbosa, Francisco de Assis. *A vida de Lima Barreto (1881-1922)*. Rio de Janeiro: José Olympio, 1952.

_____. *A vida de Lima Barreto (1881-1922)*. 8. ed. Rio de Janeiro: José Olympio, 2002

_____. *Lima Barreto e a reforma da sociedade*. Recife: Pool, 1987.

Beiguelman, Paula. *Por que Lima Barreto*. São Paulo: Brasiliense, 1981.

Candido, Antonio. "Os olhos, a barca e o espelho". *A educação pela noite e outros ensaios*. São Paulo: Ática, 1989.

Coutinho, Carlos Nélson. "O intimismo deslocado à sombra do poder". *Cadernos de Debates*, São Paulo, n. 1, 1975.

_____. "Um novo Lima Barreto". *Movimento*, Rio de Janeiro, 8 ago. 1975.

_____. "O significado de Lima Barreto na literatura brasileira". In: Coutinho, Carlos Nélson et al. *Realismo e anti-realismo na literatura brasileira*. Rio de Janeiro: Paz e Terra, 1974.

CURI, MARIA ZILDA FERREIRA. *Um mulato no Reino de Jambom. As classes sociais na obra de Lima Barreto.* SÃO PAULO: CORTEZ, 1981.

FANTINATI, CARLOS. *O profeta e o escrivão. Estudos sobre Lima Barreto.* SÃO PAULO/ ASSIS: HUCITEC/ ILPHA, 1978.

FIGUEIREDO, CARMEM LÚCIA NEGREIROS DE. *Trincheiras de sonho. Ficção e cultura em Lima Barreto.* RIO DE JANEIRO: TEMPO BRASILEIRO, 1998.

_____. *O fim do sonho republicano. O lugar da ironia em Lima Barreto.* RIO DE JANEIRO: LEVIATÃ, 1994.

FIQUEIREDO, MARIA DO CARMO LANA. *O romance de Lima Barreto e sua recepção.* BELO HORIZONTE. LÊ, 1995.

GERMANO, IDILVA MARIA PIRES. *Alegorias do Brasil. Imagens de brasilidade em* TRISTE FIM DE POLICARPO QUARESMA *e* VIVA O POVO BRASILEIRO. SÃO PAULO: SECRETARIA DA CULTURA E DESPORTO; ANNABLUME, 2000.

LINS, OSMAN. *Lima Barreto e o espaço romanesco.* SÃO PAULO: ÁTICA, 1976. (ENSAIOS, 20).

MACHADO, MARIA CRISTINA TEIXEIRA. *Lima Barreto. Um pensador social na primeira República.* GOIÂNIA: ED. UFG/ SÃO PAULO: EDUSP, 2002.

MARTA, ALICE ÁUREA. *A tessitura satírica em Numa e a ninfa.* SÃO PAULO: ILPHA/ HUITEC, 1987.

MEIRA, CLÓVIS. *Três faces de Lima Barreto.* SÃO PAULO: SCORTECCI, 1994.

MORAIS, REGIS DE. *Lima Barreto. O elogio da subversão.* SÃO PAULO: BRASILIENSE, 1983.

PEREIRA, LÚCIA MIGUEL. *Prosa de ficção (1870-1920).* RIO DE JANEIRO: ITATIAIA, 1988.

PEREIRA, Marcus Vinícius Teixeira Quiroga. *Como era gostoso o meu javanês. Estudo da linguagem do jeitinho na obra de Lima Barreto.* Rio de Janeiro: UFRJ, 1993.

PRADO, ANTONIO ARNONI (ORG.). *Lima Barreto.* SELEÇÃO DE TEXTOS, NOTAS, ESTUDOS DE ANTÔNIO ARNONI PRADO. SÃO PAULO: ABRIL CULTURAL, 1980.

_____. *Lima Barreto. O crítico e a crise.* São Paulo: Martins Fontes, 1989.
Resende, Beatriz Vieira de. *Lima Barreto e o Rio de Janeiro em fragmentos.* Rio de Janeiro: UFRJ/ Campinas: Unicamp, 1993.
_____. *Lima Barreto: a opção pela marginália.* In: Schwarz, Roberto (org.) *Os pobres na literatura.* São Paulo: Brasiliense, 1983
Sevcenko, Nicolau. *Literatura como missão. Tensões sociais e criação cultural na Primeira República.* São Paulo: Brasiliense, 1983.
Silva, H. Pereira da. *Lima Barreto. Escritor maldito.* Civilização Brasileira/ Instituto Nacional do Livro, 1981.
Vasconcelos, Eliane. *Entre a agulha e a caneta. Uma leitura da obra de Lima Barreto.* Rio de Janeiro: Lacerda, 1999.

Este livro foi composto em
requiem e impresso pela Ediouro
Gráfica sobre papel offset 75g/m²
da Suzano. Foram produzidos
5.000 exemplares para a Editora
Agir em março de 2005.